Albert Emil Brachvogel

Narciss

Ein Trauerspiel

Albert Emil Brachvogel

Narciss

Ein Trauerspiel

ISBN/EAN: 9783743354821

Hergestellt in Europa, USA, Kanada, Australien, Japan

Cover: Foto ©Andreas Hilbeck / pixelio.de

Manufactured and distributed by brebook publishing software (www.brebook.com)

Albert Emil Brachvogel

Narciss

Narciß.

Ein Trauerspiel

von

A. E. Brachvogel.

Siebente Auflage.

Jena,
Hermann Costenoble.
Verlagsbuchhandlung.

Ohne meine ausdrückliche Bewilligung ist die Aufführung dieses Dramas nach den bestehenden Gesetzen den Bühnen untersagt.

A. E. Brachvogel.

Vorwort.

Nachdem Narciß seit dem siebenten März vorigen Jahres die meisten deutschen Bühnen, sowie mehrere Theater des Auslandes beschritten und sich zu meiner innigen Freude mannigfache Gönner erworben hat, halte ich es für Pflicht, denselben nun auf buchhändlerischem Wege alle Denen zugänglich zu machen, die ihn nicht nur eben gut genug zu flüchtiger Unterhaltung, sondern der Ehre eines längeren Umganges werth erachten mögen. —

Den Stoff und äußeren Anlaß zu diesem Trauerspiel gab mir Diderot's Dialog „Rameau's Neffe", den Altmeister Goethe zuerst verdeutscht hat; ferner Mercier's Tableaux de Paris.

Fabel, Charaktere und Anschauung sind mein eigen, so daß ich die Arbeit wohl ohne zu erröthen als Originalwerk bezeichnen darf, — in so weit man überhaupt original — sein kann.

Narciß ist dem geneigten Leser hier genau so geboten, wie er dargestellt zu werden pflegt, und indem ich ihn dem Theater gegenüber noch immer als Manuscript bezeichne, nehme ich für denselben mein geistiges Eigenthumsrecht in Anspruch.

Ebenso behalte ich mir das Recht vor, das Drama selbst zu übersetzen oder übersetzen zu lassen.

Indem ich hier mit größter Hochachtung der deutschen Kritik, selbst derjenigen, die mich tadelte, gedenke und ihr für die liebevolle Aufmerksamkeit, die sie mir widmete, frohen Dank sage, versichere ich ihr, daß mein Streben stets dahin gerichtet sein soll, mich der Achtung aller reinen und tüchtigen Geister meiner Zeit werth zu machen.

Möge mir verstattet sein, mich hier über einen Vorwurf auszusprechen, der da und dort dieser Dichtung gemacht wurde.

Man hat mir gesagt: daß Handlung wie einzelne Charaktere derselben nicht immer der strengen historischen Wahrheit entsprächen. —

In wie weit dies wirklich der Fall sei, hier zu untersuchen, würde den schicklichen Raum einer Vorrede übersteigen und eher in eine bramaturgische Abhandlung passen.

Was ich zu bemerken wünsche, kann also nur ganz allgemein und eine Ergänzung dessen sein, was ich mir in meiner Vorrede zum „Friedemann Bach" über den Begriff des Historischen beim Dichter zu äußern erlaubt habe. —

Daß die ganze Natur, wie das Leben jedes einzelnen Dinges, der Mensch aber vor Allem nach unabänderlichen Gesetzen oder Urideen wird, ist und vergeht, bethätigt sich um so mehr an dem Gesammtleben, der Geschichte unseres Geschlechts, als namentlich in ihr sich die höchste irdische Hoheit offenbart, die Gottähnlichkeit der Menschen am sichtbarsten ausprägt. Alles, was die Geschichte aufzuweisen hat, ist nur eine ewige Modification oder Variation dieser Urideen, die, an sich unvergänglich, in allen Begebenheiten und Charakteren abzuspiegeln das höchste Ziel des Dichters ist.

Die Geschichte selbst mit allen ihren Einzelnheiten fällt allein dem wissenschaftlichen Forscher anheim. Seine Aufgabe ist es zu sagen, „was, wie und warum etwas geschehen ist," und selbst das Warum ist schon ein neblicht Ding, dem sich der Historiker oft nur tappend nahen kann.

Der Dichter hat es mit der Geschichte als solcher nicht zu thun, er stellt aber die Urideen an und für sich, das geheime Gesetz, wonach Alles geschieht, dar, und indem er schildert, wie sich dieses Gesetz unter allen Umständen an den Charakteren und Begebenheiten aller Zeiten vollzieht, dieselben also zu Vollstreckern des ewigen Willens macht, schreibt er Geschichte im höheren idealen Sinne, nämlich die Geschichte Gottes auf Erden. —

Hieraus folgt, daß sich der Dichter nur da verpflichtet halten darf, mit eiserner Strenge historisch zu sein, wo die Idee und deren Verwirklichung einander anerkanntermaßen so genau durchdrangen, daß sie als Eins darstellbar, die Gegensätze von Ideal und Wirklichkeit also aufgehoben sind. Das ist aber fast nie der Fall gewesen und Christus war hiervon die einzige Ausnahme. —

Daß der wahrhafte Dichter aber von den historischen Charakteren und Begebenheiten nie so weichen kann, daß er sie umstülpt und also ihre Stellung im ewigen Zusammenhang der Dinge vernichtet, werden ihm jene ewigen Urideen und Gesetze des Lebens, deren Hoheit er besingen will, selbst verwehren, und ich hoffe, daß ich an ihnen nicht zum Frevler geworden bin.

Diese meine Ansicht stimmt mit denen aller bedeutenden Factoren höchster Kunstblüthe überein, und unter ihrem Einflusse habe ich mich nicht ohne schweren Kampf entwickelt.

Wenn ich mir nun bewußt bin, was ich will und soll, so bin ich mir in viel größerem Maße Dessen bewußt, was mir zur Erreichung meines Strebens mangelt. Was wären die Ideale, wenn man sie erreichte? —

Indem ich schließlich den freundlichen Leser bitte, diesem meinem Streben zu Liebe meine Mängel nach=

VIII

zusehen, empfehle ich den „Narciß Rameau" seiner Gast=
freundschaft, damit er nicht länger im Stalle der Frau
von Soubise zu übernachten braucht, oder auf der Bank
d'Argenson, „in lauen Sommernächten, wo er kein Bett
hatte."

Berlin, Johanni 1857.

Der Verfasser.

Vorrede zur zweiten Auflage.

Daß sich „Narciß" die Gunst des Publikums sowohl als Lektüre wie auf der Schaubühne so nachhaltig gewinnen und eine zweite, größere Auflage nöthig machen würde, konnte ich wohl schwerlich erwarten! Du Schicksalsverkünder Apoll weißt es allein, wie wir armen Poeten über die Zukunft unserer eigenen Kinder im Dunkeln tappen, auf unsere flammende Begeisterung, unser Talent und ein dunkles Ahnungsvermögen hin in die Annalen der Geschichte greifen, wie in ein Glücksrad, — um bei jeder neuen Arbeit neue Schmerzen und Prüfungen davon zu tragen. Ein Drama ist einem lebendigen Individuum gleich, das seinen eigenen Weg geht, sein bestimmtes Lebensschicksal ganz unabhängig von seinem Erzeuger hat. Er kann es wohl mit allem Lieben und Guten schmücken, was er besitzt, kann es beim Abschied bangend segnen, dann hört die väterliche Gewalt auf, die öffentliche Meinung wird sein Herrscher. — Um so dankbarer bin ich den Freunden des Narciß, daß sie so unverbrüchlich treu ihm blieben, ja ihn fast zu einer Lieblingsfigur gemacht haben. Ich werde meinen einzigen Ruhm in dem Bestreben suchen, die gute Meinung, welche man mir seit diesem Werke dauernd erwies, auch ferner zu rechtfertigen. Möge das freundliche Publikum nur nicht, wie es wohl oft geschieht, fordern, daß eine nächste Schöpfung stets immer die bessere, erfolgreichere sein müsse! Das gelang selbst unseren großen Dichterheroen nicht, wie sollten wir Neueren es können, welche in einer Literaturepoche leben, die viel mehr auflösende als schaffende Elemente in sich trägt.

Mögen alle Freunde meines Strebens sich überzeugt halten, daß ich gern und freudig mit Aufbietung aller leiblichen und geistigen Kräfte Alles verkörpern werde, was Gott an heiligen Idealen in mich legte; mag ich doch dabei getrost wie Luther sagen: Ich kann nicht anders!

Berlin, im December 1859.

D. B.

Vorrede zur fünften Auflage.

Der Einladung des Herrn Verlegers, diese neue Auflage meines „Narciß" mit einer Vorrede zu versehen, gebe ich um so bereitwilliger Folge, als ich mich dadurch des frohen Dankes gegen das deutsche Publikum entledigen kann, welches dem Werke seit mehr denn 21 Jahren seine unverminderte Liebe bewahrte.

Wie alles Geschaffene hat auch „Narciß" seine Geschichte und ich glaube der bisherigen Schicksale des Stückes hier erwähnen zu dürfen. Möge die Darstellung derselben zugleich denjenigen Lesern als Gedenkblatt dargeboten sein, welche ihre Theilnahme für das Werk auch auf den Verfasser übertrugen. —

An dies Drama knüpfen sich die schönsten und traurigsten Stunden meines Lebens und deshalb schon ist es mir ein alter unwandelbarer Freund geworden, der in meinem Herzen immer wieder Erinnerungen auffrischt, welche nur mit meinem Leben erlöschen können!

Die Idee zu „Narciß", durch den bekannten Diderot'schen Dialog: „Rameaus Neffe" von Goethe hervorgerufen, hat sich in mir innerhalb der Jahre 1852 bis 54 groß gezogen und die ersten ganz flüchtigen Scenenskizzen entwarf ich in dem Kaltwasser-Bade Görbersdorf im Riesengebirge. — Mit meiner Frau nach Berlin zurückgekehrt, wurde ich Sekretär des Kroll'schen Theaters und beendete nunmehr die Vorarbeiten zum „Narciß" bis September 1854; die Dichtung selbst wurde bis zum Schlusse des vierten Aktes etwa gegen Ostern 1855 gefördert. Durch frühere obwohl meist unaufgeführte Bühnenarbeiten verschiedenen Theatervorständen bereits bekannt, lernte ich in meiner damaligen Stellung diese Herrn persönlich kennen und Franz Wallner brach zuerst in der Oeffentlichkeit für mein Talent eine Lanze. Das Manuscript des „Narciß", ohnehin nur ein unfertiger Entwurf, kannte nur meine Frau und der mit mir engagirte, bald nachher gestorbene Schauspieler Desloges. — Durch die damals über die Direktion des Kroll'schen Theaters hereinbrechende Katastrophe wurde ich mit dem gesammten Bühnenpersonale plötzlich brotlos, von Vollendung des Werkes konnte unter solchen Umständen mithin keine Rede sein. Da ist es denn Dr. B. Wolff, Besitzer der Nationalzeitung, gewesen, welcher durch Dr. Titus Ulrich, damals Kritiker der Zeitung, aufmerksam gemacht, mich an seinem Telegraphen=bureau mit der Nebenbedingung anstellte, mein Drama für die Bühne zu beenden. Das poetische Embrio er=hielt nunmehr Leben und im Allgemeinen die Gestalt, in welcher die Dichtung dem Publikum bekannt ist. Vollendet wurde sie von mir in der ersten Hälfte des Jahres 1855 und der Königlichen General=Intendanz eingereicht. — Um Michaeli 1855 wurde „Narciß" vom Hoftheater angenommen! — Indeß schien meine einzige Hoffnung, die endliche Aufführung desselben, sich nicht erfüllen zu sollen! — Am Weihnachtstage wurde mir durch den Direktor Philipp Düringer eröffnet: „es seien so ernste Bedenken gegen das Stück laut geworden, daß be=treffs Zulassung desselben erst eine königliche Bestimmung eingeholt werden müsse!" So stand ich denn — vor dem Nichts! — Dem Vorleser Sr. Majestät, Geheime Hofrath L. Schneider, welchem die Unterbreitung der Angelegenheit oblag, ist es allein zuzuschreiben, daß alle Einwände beseitigt und „Narciß" alsbald einstudirt wurde, ihm zunächst also verdankte ich mein ferneres literarisches Geschick!! —

Erst während des Einstudirens des „Narciß" machte ich Ludwig Dessoir's Bekanntschaft. Die erste Dar=stellung des Werkes fand am 7. März 1856 statt. —

XII

Bemerken muß ich hierbei, daß nach der ersten Vorstellung der ursprüngliche Schluß der Dichtung von mir auf den Vorschlag Dessoir's, des Hofrath Dr. Förster und Prof. Roetscher so geändert wurde, wie er jetzt ist. Nur die Bühne zu Carlsruhe hat auf Eduard Devrients lebhaften Wunsch den alten Schluß beibehalten, welchen ich indeß nicht für den wirksameren halte. — —

Mehr denn 21 Jahre sind seit dieser ersten Aufführung verflossen und die Künstler des königlichen Hoftheaters, welche in „Narciß" geglänzt haben, wallen als lichte, liebenswürdige Schaar an meinem inneren Auge vorüber; allen Denen aber, welche schon die Erde deckt, ist mein herzliches Andenken geweiht! — Die Titelrolle hat während dieser Reihe von Jahren nur zwei Hauptvertreter gehabt, Ludwig Dessoir und Richard Kahle. — Welch' ein „Narciß" Dessoir gewesen, ist zu erörtern überflüssig. Er war es so sehr, so ganz und vollendet, daß mir selber dreist in's Gesicht behauptet wurde, die Rolle sei Dessoir von mir „auf den Leib geschrieben!" Aus dem Gesagten erhellt, daß man hierüber im Irrthume war. Doch mit „Narciß" ist Dessoir von der Bühne geschieden und was es für ein schmerzlich-tragischer Abschied gewesen ist, das dürfte den älteren Mitgliedern des Hoftheaters eben so wie mir unvergeßlich sein! Dessoir's Beliebtheit, seine Mustergültigkeit als erster Gestalter des „Narciß" war so groß, daß nach ihm mehrere Jahre Niemand gewagt hat, ihm die Rolle auf dem berliner Hoftheater nachzuspielen; mit seinem Rücktritt von demselben schien das Drama für immer begraben! — Richard Kahle's Verdienst ist dessen Wiederauferstehn! Er nahm, in geistvoller Auffassung seiner besonderen, höchst schwierigen Aufgabe, die Rolle wesentlich anders als sein Vorgänger, gewann ihr neue Seiten ab und setzte dieselbe und das Drama mit siegreicher Gewalt wieder in seine alte Gunst beim Publikum ein. Möge es mit ihm mich lange überleben!!

„Marquife de Pompadour" weist hingegen eine ganze Reihe Darstellerinnen auf, einen Kranz geistvoller, schöner und liebenswürdiger Frauen, deren Erscheinungen mir immer neu vor der Seele stehen. Die beiden ersten Darstellerinnen der Rolle, in heißem Wettstreite um den Beifall ringend, waren Frau **Clara Liebtke-Hopps** und Fräulein **Viereck**. Letztere starb indeß nur zu bald und ihr letzter Stolz ist die „Pompadour" gewesen. Fräulein **Birch**, nunmehr Frau **von Hillern**, noch mehr Frau **von Bärndorf** gastirten inzwischen mit größter Anerkennung in derselben. — Nach Clara Liebtke's Tode war Frau **Jachmann-Wagner** eine ausgezeichnete Vertreterin der Rolle, seit Jahren ist es nun mit außerordentlichem Beifalle Frau **Ehrhartt** (Gräfin Goltz). Welchen Liebreiz **Lina Fuhr** der „Doris Quinault" verliehen ist wohl noch in vieler Gedächtniß; Fräulein **Meyer** wurde deren empfindungsvolle Nachfolgerin.

Am 2. September 1874 feierte unter Leitung des technischen Direktors **Julius Hein** in den Hauptrollen mit Richard Kahle, Frau Ehrhartt und Fräulein Meyer der „Narciß" seine hundertmalige Vorstellung auf dem berliner Hoftheater! — Meine theure Frau hat dieselbe und die mir widerfahrene Ehre und Anerkennung nicht mehr erlebt; sie —, die so sehr mit dem Ursprung und Geschick des Werkes verknüpft gewesen, war mir schon den 12. November 1872 entrissen worden, mit ihr meines Lebens allerschönster Theil! Meine Tochter beging mit mir diesen Tag allein! — — Von den Mitgliedern, welche am hundertsten Vorstellungstage des „Narciß" mitwirkten, sind nur zwei in allen Aufführungen in derselben Rolle aufgetreten, Bernbal als „Choiseul" und Lichterfeldt als „Silhouet"; Tod, Krankheit und Abgang von der Bühne ließen die übrigen Rollen zahlreich wechseln. Der alte Geist ist aber den Darstellungen wie der Künstlerschaft Berlins verblieben, mit ihm der alte Beifall! —

Es giebt wohl kaum ein stehendes deutsches Theater,

welches das Stück nicht aufgeführt hätte; alle größeren Bühnen haben Narciß noch heute auf dem Repertoir. — Am Hofburg=Theater, das sich unter Laube erst — sehr spät entschloß, dem Stücke seine Hallen zu öffnen, sind als Narciß der verstorbene Joseph Wagner, nunmehr Sonnenthal, — als Pompadour in nahezu höchster Vollendung aber Frau Therese Gabillon zu nennen. Zu Dresden spielten Davison und Emil Devrient die Titelrolle, Fräulein Pauline Ulrich hat noch die Pompadour inne. Zu München zeichnen sich noch heute Possart und Clara Ziegler in den Hauptrollen rühmlichst aus.

Auch das Ausland machte sich „Narciß" gehörig zu Nutze. In Italien brachte ihn Madame Ristori als „il Daniele", in Amerika und England Mister D. Band= mann durch zahlreiche Darstellungen zu großem Rufe, ohne daß ich indeß je einen reelleren Lohn meiner Arbeit als — schöne Worte — genossen hätte; in Rußland wurde er auch vielfach gegeben. — Durch den „Narciß" und seine vielfachen herzlichen Erinnerungen bin ich mit Berlin, meiner zweiten Heimath, mit dem königlichen Hoftheater, vor Allem mit dem Manne verknüpft, unter dem sich die Lebensgeschicke des Werkes zutrugen und welcher mir seine edle Zuneigung zu allen Zeiten bewahrte, Herr General= intendant von Hülsen, Excellenz. Ihm gebührt mein letztes und wärmstes Wort des Dankes!! —

Dem lesenden Publikum ist das Drama Johanni 1857 zuerst im Verlage des Herrn H. Costenoble übergeben worden und ich vereinige mich mit ihm in dem Wunsche, daß der Dichtung auch ferner eine Stätte im Hause und im Herzen des deutschen Publikums gesichert bleibe.

Berlin, im Januar 1878.

A. E. Brachvogel.

Personen.

Maria Leścinska, Königin von Frankreich, Gemahlin Ludwig's XV.
Ludwig Franz von Bourbon, Prinz von Conti, Großprior des Malteserordens.
Marquise de Boufflers, Hofdame der Königin.
Marquise de Pompadour, Palastdame.
Marquise d'Epinay, deren Vertraute.
Herzog von Choiseul-d'Amboise, Graf Stainville, Premierminister.
Abbé Terray, Minister des Innern, Jesuit, Beichtvater des Königs.
Marquis Silhouet, Finanzminister.
Maupeau, Kanzler.
Graf du Barri, Kammerherr des Königs.
Eugene de Saint-Lambert, Capitain der Nobelgarde.
Demoiselle Doris Quinault, Schauspielerin am Théâtre français, Vorleserin der Königin.
Baron von Holbach,
Grimm, } Philosophen der Encyklopädie.
Diderot,
Chevalier Salvandy, erster Cavalier, Ludwigsritter, im Dienst der Marquise de Pompadour
Chevalier d'Atreuilles, zweiter Cavalier, Ludwigsritter, im Dienst der Marquise de Pompadour

XVI

Narciß Rameau.
Barjac, Holbach's Kammerdiener.
Colette, das Kammermädchen Quinault's.
Zwei Pagen
Vier Kammerdiener } im Dienst der Marquise de Pompadour
Ein Kammerdiener der Königin.
Ein Diener Choiseul's.
Erster und zweiter Soldat der Nobelgarde.
Gäste und Diener Holbach's. Herren und Damen des Hofes.
Damen der Königin Diener. Nobelgardisten.

Ort der Handlung: Abwechselnd Paris und Versailles.
Zeit: 1764.

Erster Act.

Paris 1764. — Salon des Baron von Holbach (Nachmittag). — Eleganter Gesellschaftssaal im Styl des Zeitalters. In der Mitte und rechts nach dem Hintergrunde zu eine Thür. Links nach dem Beschauer ein prächtiges Kamin. Rechts nach dem Vordergrund ein Fenster. Vor dem Kamin, um eine Tafel, welche mit Globen, Landkarten und Büchern bedeckt ist, etwa acht Sessel. Am Fenster ein Sessel. Im Hintergrunde ein Tisch zum Serviren des Thees.

Erste Scene.

(Wie der Vorhang aufgeht, läßt sich eben **Frau von Epinay**, die ganz erschöpft angekommen, auf einen Sessel nieder. **Barjac** steht ängstlich vor ihr.)

Barjac. Ich will doch den Herrn Baron benachrichtigen — (will nach rechts) —

Epinay (hastig). Nein, nein! Nicht um die Welt, Barjac! — Ist Chevalier Grimm hier? —

Barjac. Ja, gnädige Frau. —

Epinay. O, bitten Sie ihn sogleich zu mir, aber nur ja ohne Ostentation! (Drückt ihm Geld in die Hand, er verbeugt sich und will nach rechts ab.) Noch ein Wort! Ist die Gesellschaft im Bibliothekzimmer? —

Barjac. Ja, Frau Marquisin. Nur Herr Diderot und ich denke — auch Mademoiselle Quinault fehlt noch.

Epinay (winkt ihm zu gehen). Gut, gut! — (Barjac rechts ab.) Noch kann ich meiner Aufregung nicht Herr werden. — O, wie blaß sie aussah! — Wenn sie sterben würde, wären wir verloren. Ihr Ruhm war der unsrige! —

Zweite Scene.

Vorige. Grimm, gefolgt von **Barjac** (von rechts).

Epinay. Gott sei Dank, daß Sie da sind, Melchior! — Es gehen schreckliche Dinge vor! —

Grimm (frappirt). Was sagen Sie, meine Schöne? — Wahrhaftig, Sie sehen ganz verwirrt aus! (küßt ihre Hand) — Welch' geheimer Kummer?

Barjac (mißtrauisch nach Beiden schielend inzwischen durch die Mitte ab).

Epinay (sich nach Barjac umsehend). O, kein geheimer — es wird bald ein öffentlicher Kummer für alle die sein, welche sich die Freunde der Marquise de Pompadour nannten! —

Grimm. Ich erschrecke! — Was ist denn vorgefallen? — Sie ist zwar schon lange leidend, aber man hoffte —

Epinay (einfallend). Leider ist nicht mehr viel zu hoffen, denn seit gestern trat ein ganz anderes Uebel bei ihr auf, das sie binnen Kurzem aufreiben muß und den Aerzten ganz unbegreiflich ist. Ihr Leibarzt erklärte, jede Erregung sei ihr Gift, — sie müsse wie ein Kind behandelt werden, denn ein außerordentlicher Schreck würde ihrem Leben leicht ein Ende machen.

(Barjac's Kopf wird durch die Mitte sichtbar.)

Grimm. Ich bin sprachlos! — Aber wie ist das möglich? — So plötzlich, so aus der Luft? — Wissen Sie das ganz genau? —

Epinay. Mein Gott, ich komme ja soeben von ihr! Heut' früh erfuhr ich's durch ein Billet Maupeau's, warf mich in den Wagen und eilte nach Versailles. — Ach, dieser Anblick! — Die einst so blendende Frau geknickt, gebrochen! — Ich sage Ihnen, ein einziger Schreck, nur eine Nervenerschütterung, Melchior, und sie ist nicht mehr! —

Grimm. Eh! Wenn es so mit ihr steht, werden wir wohlthun, uns nach einer andern Sonne umzusehen.

Epinay. Doch wohin uns wenden?

Grimm. Stirbt Madame de Pompadour, so kann die Königin und ihre Partei die Oberhand gewinnen; — was dann aus uns wird, ist leicht zu errathen. Ober das Parlament und die Encyklopädie läuft jenen den Wind ab, und es giebt eine große Reform. Das wäre eben so schlimm, denn meine Herren Philosophen fangen an, mir ihre Freundschaft zu entziehen und sich nach Rousseau's sentimentalen Tugendpredigten zu sehnen. — Ich meines Theils bin dieser Schulmeisterseelen müde.

(Barjac, der sich zurückgezogen, wieder sichtbar; so oft sich einer der Sprechenden wendet, verschwindend.)

Epinay. Darum habe ich inzwischen leise mit Abbé Terray angeknüpft, um für jeden Fall allen Situationen bei Hofe die Stirn zu bieten. In einer Viertelstunde werde ich erfahren, was mit ihm auszurichten ist.

Grimm. Das ist gut! Eilen Sie sogleich hin. — Man muß ihm zu verstehen geben, daß man der Gesell= schaft Jesu doch einmal zur Rehabilitirung nützlich sein könnte.

Epinay. Nur einen Augenblick, Melchior, bis ich meine Erschöpfung überwunden! —

Grimm (der sich sorgfältig umgesehen). Ich möchte um alle Welt nicht, daß man eine Sylbe unseres Gesprächs er= führe. Sie wissen, wir stehen auf schwankem Grund und Boden. — Aber ich kann diese plötzliche Krise bei Madame de Pompadour's zäher Natur nicht begreifen. Sagen Sie, was kann die Veranlassung gewesen sein? —

Epinay. Ein tiefes Geheimniß, das man vielleicht nur mit eigner Gefahr für sich selbst lüften kann.

Grimm. Wie so?! —

Epinay. Wir sind allein, die Gesellschaft ist im Bi= bliothekzimmer — hören Sie denn. — Gestern früh fuhr Madame de Pompadour auf Anrathen des Arztes in Be=

gleitung Maupeau's und der Madame de Tencin nach Paris, um das ägyptische Cabinet des Grafen Caylus zu besichtigen. — Sie wissen, wie selten, schon der Königin wegen, die Marquise nach Paris kommt. — Sie war, wenn auch matt und angegriffen, doch ziemlich heiter und betrachtete sarkastisch die Gruppen der Leute auf dem Boulevard du Temple. Plötzlich schrie sie wie wahnsinnig: „Narciß, Narciß!" — fiel in Convulsionen und wurde mit genauer Noth bis in's Hotel Choiseul gebracht, von wo sie später nach Versailles fuhr. Von diesem unglückseligen Augenblick an batirt sich ihre Nervosität, ohne daß es Jemandem gelang, den wahrscheinlichen Urheber derselben zu ermitteln. Ihr Zustand ist beklagenswert!

Grimm. Ich gäbe Unendliches darum, die Ursache zu kennen, die dieses kälteste aller Weiber, die Meisterin aller Verstellungskunst aus den Fugen getrieben. Doch gleichviel, wenn sie nur so lange lebt, bis ihr letzter stolzester Plan ausgeführt, bis der König und die Königin getrennt und die schlaue Marquise ihm an die linke Hand getraut ist. — Wie weit gedieh diese Angelegenheit? —

Epinay. Die Dispensation des Papstes ist vorgestern in der Stille angelangt. Dem Dauphin ist die Thronfolge gesichert, sie behält die königlichen Ehren; — wenn sie also unterschreibt, begeht sie einen Privatact. Unterschreibt sie nicht, so dürfte ihr Budget noch schmäler werden, als es schon ist.

Grimm. Nun, eine Baronie, eine lucrative Stelle wäre uns dann gewiß und man könnte ruhiger dem Wechsel der Intriguen zusehen. Aber was zögern Sie? Gehen Sie, Sie haben sich genügend erholt, — man könnte mich in der Gesellschaft zu lange vermissen. —

Epinay (aufstehend und zärtlich zu ihm hintretend). Melchior, wir müssen jetzt inniger denn je verbündet sein. — Warum entziehen Sie sich mir seit einiger Zeit? — Bin ich Ihnen denn so ganz gleichgültig geworden? —

Grimm. Sie sind sehr naiv, liebe Marquise! —

Epinay. Welche Veranlassung habe ich Ihnen denn zu dieser Kälte gegeben? —
Grimm. Sie werden immer naiver. Nun, ich will mich Ihrem Verhöre stellen und jede Strafe, die Sie mir dictiren werden, annehmen, — wenn wir mehr Zeit zu solchen Kindereien haben werden. (Er schellt.)

Dritte Scene.
Vorige. Barjac (durch die Mitte).

Epinay. O, ich verstehe! Herzlos wie immer!
Grimm (zu Barjac). Eh, den Wagen für Madame!
Barjac. Zu Befehl! (Eilt voran.)
Grimm (Epinay den Arm bietend). Sie erlauben, Frau Marquisin? (Sie zur Mittelthür führend.) — Also zu dem Abbé. Ich erwarte Sie bald zurück — (Epinay und Barjac durch die Mitte ab.)
Grimm (zurückkommend, spöttisch). Die Gute wird mit ihren Liebesbeweisen nachgerade langweilig, — und doch kann ich sie nicht so ganz vernachlässigen; ich bedarf noch ihres Einflusses. — Aber so wie ich nur von der Philosophie loskomme, und in den Dienst der Czaarin getreten bin, soll mir diese Schöne keine Strupel mehr machen (thut einige Schritte). — Eh, es ist gar nicht übel, wenn man den Vorhof der Weltweisheit, in dem Diderot, d'Alembert, Helvetius und alle diese guten Seelen noch herumkriechen, überschritten und das Heiligthum der absoluten Wahrheit, den Kern jeglicher Philosophie, den Hebel des Weltalls begriffen hat: das persönliche Interesse — (Pause.) — Eh, die Czaarin wird Augen machen, wenn sie unsere neuesten Nachrichten hört! (Nach rechts ab.)

Vierte Scene.
Barjac (vorsichtig durch die Mitte eintretend, hält ein Blatt Papier und einen Bleistift in der Hand).

Barjac. Dies Gespräch war ja ein unschätzbarer Fund! — Nun Mademoiselle Quinault bezahlt mich auch gut und hat meine Tochter an's Théâtre français gebracht. Ich bin ihr Schuldner und sie soll sehen, daß ich mit Zinsen zurückzuzahlen verstehe. (Horcht.) Sollten sie schon kommen? (Lauscht rechts an der Thür.) Nein, man ist noch im Gespräch! — Gut, bis der Thee servirt wird, bin ich ungestört. Ich eile, die Notizen für Demoiselle zu Papier zu bringen, — eine Hand wäscht die andere! (Ab durch die Mitte.)

Fünfte Scene.

Baron von Holbach, Doris Quinault und **Saint-Lambert** (von rechts).

Quinault (im Gespräch). Ich versichere Sie, Baron, es schwebt ein neues Gewitter in der Luft von Paris, man weiß nur nicht, wo's diesmal einschlagen wird. Haben Sie gesehen, wie sonderbar sich Grimm benahm? Auch die Epinay, die sonst nie fehlt, sehe ich heute nicht. Auf mein Wort, es geht in Versailles etwas vor, ich betrüge mich nicht.

Holbach. Kein Wunder, daß die Vertraute der Königin einen feinen politischen Instinct hat. Nun, was dort vorgeht, wird man, denk' ich, zeitig genug erfahren. Da aber von Grimm die Rede ist, muß ich nun doch wohl eingestehen, daß er nachgerade auch mir lästig zu werden anfängt. Seit Rousseau fort ist, maßt er sich eine dogmatische Suprematie an, die täglich drückender wird. Jean Jacques mag so schroff und mißtrauisch sein, wie er will, er ehrt doch das Recht der freien Meinung überall.

Quinault. Und das liebe ich eben! Es ist gewiß, daß man bei ihm weniger Gefahr läuft, seine Individualität zu verlieren, als bei Grimm, der Alles mit seiner Allwissenheit verschlingen will.

St. Lambert. Das habe ich Holbach längst gesagt,

aber er und Diderot wollten nicht hören; nun folgt die Strafe.

Quinault. Daß er jetzt sogar Rousseau öffentlich schmäht, da er im Exil ist und sich nicht vertheidigen kann, ist eine Erbärmlichkeit. Beobachten Sie ihn nur! Obgleich Madame de Pompadour kränklich ist, kann sie bei der Schwindsucht lange genug leben, um dem Liebhaber ihrer treuen Epinay eine Stellung zu geben, in der er den Philosophen wegwirft und die Philosophie verfolgt.

Holbach. Ich denke doch, schöne Doris, Sie sehen bei ihm zu schwarz, zu parteiisch. — Apropos, was spricht man sonst Neues in der Stadt? —

St. Lambert. O, nicht viel, einige Lüderlichkeiten aus Versailles abgerechnet. Die Generation tanzt Menuet auf ihrem Grabe und die klugen Leute warten ab, die allgemeine Taktik der Parteien.

Quinault. O, daß man warten muß! — Ist das Jahrhundert denn nicht entwürdigt genug, soll man abwarten, bis es noch entarteter wird? Ich möchte wohl wissen, was die Theile gewinnen können, wenn das Ganze zu Grunde geht?!

Holbach. Um Gotteswillen keine historischen Seifenblasen! Die Menschheit ist unsterblich, das ist mein Trost. (Sieht nach der Uhr.) Doch wir haben lange genug auf Diderot gewartet, es ist Zeit, die Gesellschaft zum Thee zu bitten. (Er klingelt.)

St. Lambert. Und habt ein Auge auf Grimm!

Sechste Scene.

Vorige. Barjac (durch die Mitte).

Holbach. Lassen Sie den Thee bringen, die Gesellschaft mag eintreten.

Barjac (rechts ab).

Siebente Scene.

Vorige. Marquise Epinay (durch die Mitte).

Epinay. Da bin ich endlich! — Habe ich viel versäumt, meine Lieben?
Holbach. Da Sie immer bei sich sind, versäumen Sie nie etwas, schöne Frau. — Wir sind vollzählig bis auf Diderot. Die Götter mögen wissen, wo er bleibt. Er wird uns die versprochene Vorlesung, wie es scheint, schuldig bleiben.

Achte Scene.

Vorige. Grimm, Marquise de Bouflers und Gesellschaft von rechts. **Barjac und Diener,** welche Thee bringen durch die Mitte. **Holbach, St. Lambert und Quinault** treten nach links und unterhalten sich. **de Bouflers und Einige aus der Gesellschaft** bilden eine Gruppe im Hintergrunde. **Grimm,** grüßend zu
Epinay, welche nach rechts tritt.

Epinay (während sie dem eintretenden Grimm entgegengeht, zu Holbach). Ach, das ist Schade! (Verneigt sich gegen Grimm und läßt sich auf dem Sessel am Fenster nieder.)
Grimm (rasch, halblaut). Haben Sie etwas bei dem Abbé ausgerichtet?
Epinay (ebenso). Er traut uns nicht recht, doch er wird zahm werden. Vorsichtig, man beobachtet uns.
Grimm. Sie haben mich doch nicht vorgeschoben? —
Epinay. Grimm, was denken Sie? —
Grimm. Nichts, als daß Sie eine — Frau sind. (Laut, zur Gesellschaft gewendet). Nun, meine Herrschaften, ich dächte, wir gäben die Gruppenunterhaltung auf und trügen zusammen, was Jeder Neues hat.

Holbach. Der böse Diderot, er wollte ein neues Manuscript des Destouches lesen und läßt uns nun im Stich!

Neunte Scene.

Vorige. Diderot (durch die Mitte).

Holbach (deutet auf Diderot). Lupus in fabula. (Zu ihm.) Sie Treuloser!
(Allgemeine Bewegung.)
Diderot (sich verneigend). Meine Reverenz! Schon lange beisammen? —
St. Lambert. Gewiß, Sie Worthalter!
Diderot (zur Gesellschaft). Ich muß mein Zuspätkommen entschuldigen. Ich wurde aufgehalten im Café Prokop, und habe zu viel gehört, um nicht von Ihnen Verzeihung zu erhalten, wenn ich beichte.
Alle (durcheinander). Was sagt er? — Laßt hören! — Ei, erzählt doch! (Umgeben ihn.)
Diderot. O, Sie ersticken mich ja! — Aber das Neueste ist, daß Marquise de Pompadour seit gestern früh sehr bedenklich erkrankt ist.
(Allgemeine Ueberraschung.)
Holbach. Wissen Sie das gewiß? ⎫
de Bouflers. Wär's möglich? ⎬ (Kurz nach=
Grimm (für sich). Eh, es ist schon publik! ⎪ einander.)
Quinault. O, wenn das wahr wäre! ⎭
Epinay (leise zu Grimm). Wer kann es verrathen haben?
Diderot. Ich setze mich selbst zum Pfande, daß es so ist!
St. Lambert. Aber woher die Nachricht? — Und davon wüßten Sie nichts, Frau Marquise?
Epinay. Ich war unwohl und seit drei Tagen nicht in Versailles. Ich bezweifle die Nachricht.

Quinault. Und sie ist verbürgt? —

Diderot. Ja, so weit eine indirecte es überhaupt sein kann. Ich habe sie aber von Jemand, dessen Geschäft es ist, alle Geheimnisse und Skandalosa von Paris auszuwittern.

Quinault. Wer ist das? —

Diderot. Der erbärmlichste und vielleicht genialste Mensch in Frankreich, der größte Narr seiner Zeit — Narciß.

— Ich habe Narciß gesehen.

St. Lambert (lacht). Ah so? Der kann es wohl wissen.

Holbach. Wahrhaftig, kein übler Gewährsmann!

Epinay (erstaunt). Um Gotteswillen, Narciß? —

Grimm (ebenso). Narciß? — Mein Himmel, wer ist denn das? —

Diderot. Wahrhaftig, so kann nur Jemand fragen, der in so exclusiver Luft lebt, wie Frau von Epinay und Grimm. Welcher Pflastertreter der Residenz kennt nicht das Ideal aller Gamins, den Neffen des großen Rameau, wer kennt nicht Narciß?

de Bouflers. Ah, ich erinnere mich von ihm gehört zu haben, es soll eine possirliche Art von Mensch sein.

St. Lambert. Wünschen Sie ja nicht seine Bekanntschaft zu machen!

Epinay. O, nun fällt mir ein, man hat von ihm einmal in Versailles Drollerien erzählt. Kann man dies Wunderthier nicht sehen, lieber Diderot? —

Grimm (leise). Vorsichtig! (Laut!) Eh, wenn es Ihnen Spaß macht. — Wo trifft man das Individuum?

Diderot. Ueberall, wo Sie wollen. Doch ich denke, er muß hier vorüber kommen, (tritt zu Epinay an's Fenster) er wollte zu den Buffonis in die Oper. (Zeigt auf die Straße.) Sehen Sie, da ist er schon!

Quinault (tritt zu Diderot, auf die Straße blickend). Der dort ist's an der Ecke, nicht wahr? —

Diderot. Gewiß! Sehen Sie nur, er liest die Affichen. Sie kennen ihn also, meine Zaire?

Quinault. Ach so obenhin, aber mir ist eine Anekdote mit ihm begegnet. — Ich interessire mich für ihn und weiß selbst nicht recht, warum. Seinen Namen höre ich heut' zum ersten Male.

Holbach (in komischem Erstaunen aufstehend). Sie interessiren sich für Narciß? — Sie? — Das wäre! Für einen unverbesserlichen Taugenichts von vierzig Jahren? —

Quinault. Ach, danach frag' ich wenig. Aber denken Sie nur, wie ich ihn kennen lernte. Seit längerer Zeit bemerkte ich ihn nämlich hinter den Coulissen im Theater, auf einem Stuhl, steif wie ein Mondsüchtiger. Vorige Woche spielte ich die Rodogune und ich denke, nicht übel. — Als ich in die Garderobe treten will, sagt er zu mir: „Sie spielen wirklich passabel, Kind, aber Sie würden besser spielen, wenn Sie die Rodogune wären!" — Ich drehte mich betroffen um, — da sah er mich mit so großen brennenden Augen, so übermenschlich möchte ich sagen, an, daß ich ganz verlegen war. — „Nur nicht verblüfft," lachte er, „Denen im Parterre gefällt's ja, was geht Sie mein Urtheil an?" und fort war er.

Diderot. Wenn sich seine Keckheit nicht mehr erlaubte, wär' er gar nicht so schlimm, aber — (steht wieder aus dem Fenster). Nun steht er gegenüber. Jetzt können Sie ihn genau sehen! (Epinay und Quinault sehen hinaus.) Nicht wahr? —

Epinay. Sehr gut.

Quinault. Er ist es!

Epinay (zu Grimm tretend, leise). Unmöglich, ihn kann die Marquise nicht gemeint haben, — aber sprechen möcht' ich ihn doch.

Quinault. Bitte, bitte, lieber Diderot, lassen Sie mich das Original in der Nähe sehn!

Epinay (hastig). Ich auch!

Holbach (lachend). Nun, mein Gott, wir lassen ihn heraufkommen!

Alle (lachend, durcheinander). Ach ja!

St. Lambert. Daß wir uns amüsiren, dafür stehe ich.

Diderot. Wenn Sie aber von seiner Indelicatesse beleidigt werden, ich wasche meine Hände in Unschuld. Barjac, kommen Sie her. (Barjac tritt zu ihm an's Fenster.) Sehen Sie jenen Mann im defecten Rock am Putzladen der Duchapt?
Barjac. Zu Befehl.
Holbach. Bitten Sie ihn herauf.
Diderot. Zu mir, sagen Sie!
Barjac (durch die Mitte ab).
de Bouflers. Ich fürchte, man compromittirt sich mit ihm.
St. Lambert. Die schöne Welt wird staunen, daß —
Diderot (einfallend). O, gar nicht! — Ist es denn außerordentlich, einen Papageyen zu halten? — Und er ist der Papagey der Pariser Gesellschaft, ja der Papagey unseres tollen Jahrhunderts. — Da kommt er schon! (Die Anwesenden wenden sich nach der Thür, so daß die Mitte frei bleibt.)

Zehnte Scene.

Vorige. Narciß (durch die Mitte).

Narciß (kommt, wie abwesend vor sich hinstierend, langsam nach vorn und singt parlando vor sich hin):

"Ich bin ein armer Geselle,
"Bin ein verblendeter Thor,
"Gleiche der schwankenden Welle,
:,: "Die sich am Strande verlor!" :,:

(Klatscht.) Bravo, bravo! Wahrhaftig unvergleichlich! Das ist doch noch Musik, Donnerwetter!
Diderot (zu ihm tretend). Ah, Ihr singt die schöne Arie aus dem Dorfwahrsager.
Narciß (wie erwachend). Ja wohl! — Ja! — Nicht wahr, sie ist schön? — Sehr schön! — Ich summte sie eben im Kopfe, und so bin ich hereingekommen, ich weiß nicht wie. Eine himmlische Musik! — Apropos, ich vergaß Euch zu fragen, was Ihr wollt.

Diderot (sich zur Gesellschaft wendend). „Ei, ich will Euch diesen Herrschaften vorstellen, man wünscht Euch hier kennen zu lernen.

Narciß (erstaunt). Aha! — Soll das Schmeichelei sein? — Haha, mich, Diderot? —

Diderot. Nun, Ihr seid doch immer eine Curiosität, die man sich einmal ansieht. Lange hält's natürlich Keiner mit Euch aus! (Zur Gesellschaft.) Meine Herren und Damen, das ist Narciß Rameau, der ausbündigste Narr Frankreichs.

Narciß. Der Welt, Herr, wollt Ihr sagen! — Aufzuwarten! — Ich bin so eine Art Universalnarr, in dem alle Uebrigen aufgehen. Wer mich sieht, sieht sich im Spiegel; sehen Sie mich recht an, meine Verehrten! (Zu Quinault.) Ah, Mademoiselle Quinault, unsere Rodogune, unsere Merope! — (Zu Holbach und Grimm.) J, und da sind auch die stolzen Pfeiler der Encyklopädie! — (Verneigt sich.) Meine tiefste Ehrfurcht! Ich würde Euch gern eine Vorlesung über die Weltseele oder die Atome halten, Serenissimi, daß Euch der Kopf summen sollte, aber ich habe kein Geld zu einer Allonge!

Diderot. Schadet nichts, versucht's mit uns ohne das.

Narciß (setzt sich links zu Holbach und Diderot an den Tisch). Die Philosophie? Die ist ein reines Unglück, besonders die Encyklopädistik.

Holbach. Was Ihr da sagt, Freund, ist wohl eine Grobheit, aber kein Beweis!

Narciß. Was, ich soll Beweise führen? — Bin ich ein Gelehrter? — Ich bin Narciß Rameau, ein Nichts von einem Menschen und hab' mich mein Lebtag nie auf Fachstudien eingelassen. Die arme Philosophie, was sie sich quälen muß! — Sie erforscht logisch den Geist und kommt dabei logisch — auf die Materie, dann erforscht sie logisch die Materie und geräth logisch — auf den Geist. Hahaha! der Geist und die Materie sind die zwei Bündel Heu, zwischen denen die liebe Weltweisheit steht.

(Bewegung in der Gesellschaft.)

St. Lambert. Ihr seid ein geistreicher Schuft, bei Gott, und taugtet genau zu einem Recensenten, etwa beim Mercur de France, oder beim Observateur littéraire. Ich möchte den Schriftsteller kennen, den Ihr ungerupft ließet.

Narciß. Keinen, der einer ist, natürlich!

Holbach. Den Schriftsteller, der keiner ist? — Mir scheint, Ihr brillirt gern in Paradoxen?

Narciß. Ach, das scheint nur so. — Nur solche Leute, wie ich, finden Gnade bei mir, zum Beispiel Rousseau.

Quinault. Also Rousseau?! — Und wie ist denn ein Schriftsteller, der keiner ist?

Grimm. Eh, der schwatzt Unsinn!

Narciß. Seht, Grimm hat's getroffen! Nur immer absprechen, Herr, das ist eine gar bequeme Arbeit, die wenig Hirnschmalz kostet. — — Schriftsteller, die keine sind, sind Menschen, die nichts schreiben wollen, — Träumer, Verrückte, verkommene Menschen mit erquetschten Herzen, die als Schaum auf dem stagnirenden Sumpfe der Pariser Gesellschaft schwimmen, wie ich; — Leute, die von wer weiß was leben, nur nicht von Schriftstellerei. — Da kommt auf einmal ein sonderbares Ding über sie, das Niemand so eigentlich kennt. Es hängt in der Luft, es ist da, aber man kann's nicht fassen; es kommt über einen allmächtig wie ein neuer Glaube, der die Thore der Zukunft aufreißt, durch die unsre Sehnsucht in die Perspective aller Ewigkeiten schreitet! — es regiert Einen dann ganz und gar, setzt sich eisern in Herz und Hirn, und will man's los werden, so wird — ein Buch daraus.

Quinault. Und könnt Ihr uns dies Ding mit keinem Worte beschreiben?

Narciß. Ich weiß es nicht. — Ich habe oft darüber nachgedacht, auf den Boulevards, in den Sommernächten. — (Grübelnd) Ich, — ich möcht', — ja, wenn ich's denn zum Satan doch benennen soll, — möcht' ich's dann den, — den Geist der Geschichte möcht' ich's nennen! Aber es ist eben damit gar nichts gesagt, es ist Alles Schall, Schaum, Rauch! (Auffahrend.) Pah, Ihr die Gelehrten! Ihr seid weise und gut, Ihr verzehrt ruhig Euren Braten, trinkt Euren Wein und thut Euer Amt, — aber, —— hahahaha! — in fünfzig Jahren wird man sagen: „Diderot war ein ganz vortrefflicher Kopf, schade, daß sich seine Ideen über= lebt haben, und Grimm! — Hm! — Grimm, Grimm! „Wer war Grimm?" wird man fragen. — „Ah so, Der, der einmal auf Rousseau geschimpft hat??" —

Diderot. Bravo, das ist köstlich!
(Alle geben außer Grimm und d'Epinay ihren Beifall zu erkennen.)

Grimm. Eure Beleidigungen, mein Bester, sind stumpfe Pfeile. Wer von Bedeutung in Paris wird nicht von Euch besudelt!

Narciß. Recht, das ist mein liebstes Geschäft, darum lieb' ich meine Opfer. Den Rousseau, zum Beispiel, kann ich für den Tod nicht leiden, ich haff' ihn! —

Lambert und Quinault. Warum?

Narciß (ärgerlich). Ich kann ihm nichts anhaben!

Diderot. Und was hat er Euch gethan?

Narciß. Nichts! — Was ich sagen wollte: die kleine Gossin, die den Marquis Mirepoir hat, ist in —

Lambert (lachend einfallend). Nein, nein, erst die Antwort! — Was hat Euch Rousseau gethan? — Warum haßt Ihr ihn? —

Narciß. Weil ich — Ich sag's nicht!

Quinault (legt ihm die Hand auf die Schulter, schmeichlerisch). O bitte schön, Narciß, sagen Sie es doch!

Narciß (blöde). Weil, — weil, weil; — (finster) Kennt Ihr den — Neid?! — den hirnverwirrenden, herzzer= fressenden Neid?! — (bitter) O nicht wahr, haha! ich sehe danach aus, daß ich noch Jemanden im Leben beneiden könnte? Mein Neid ist doch — wahrhaftig, — haha, — höchst — haha — lächerlich! (Sinkt convulsivisch auf den nächsten Sessel, Thränen rollen ihm über's Gesicht.) Aber ich habe mich doch so lieb, mein Gott! — so lieb! — (Versinkt in stiere Apathie. Alle sind erschrocken um ihn getreten.)

Diderot. So ist er oft. Was mag in ihm vorgehn? — Narciß, erholt Euch! —

Quinault. Das hab' ich nie erlebt! — der Arme! Mir thut das Herz weh, wenn ich ihn ansehe.

Lambert. Wahrhaftig, man kann an ihm sich selbst erkennen lernen.

Diderot (rüttelt ihn). Rameau! —

Narciß (auffahrend). Ja so! — Haha! — Da seht Ihr, wie jämmerlich abgeschmackt ich bin.

Lambert. Hört, Ihr seid doch sehr zu bedauern. Ich an Eurer Stelle versuchte einmal meine Gedanken in eine Form zu bringen und niederzuschreiben. Ehe Ihr gar nichts thut, ist es am Ende doch ehrenwerther, Ihr wagt einmal eine Arbeit auf die Gefahr hin zu verunglücken.

Narciß. Das fehlte mir! — Pah, man bezahlt meine Nichtswürdigkeiten, Freund, und ich sollte mir die Mühe nehmen, zu sehen, wie sich's bei etwas Reellem verhungern läßt? —

Quinault. Geht doch, Ihr gesteht selbst, daß Ihr Rousseau beneidet, und Ihr beneidet ihn doch wahrhaftig nicht um die Rolle, die der Verbannte in der Welt spielt? Eure Logik ist schlecht! —

Narciß. Oder auch nicht! — Wenn ich Rousseau hasse, habe ich meinen guten Grund, und — der geht Euch nichts an. (Gepreßt). Es ist in jedes Menschen Leben ein Etwas, das er nicht gern lüftet, an dem er nie rüttelt; und seine Existenz ist ein Bemühn, über dies verwünschte Etwas hinwegzukommen. Könnt Ihr mein vergangenes Leben auslöschen? — Auf die Prämisse kommt's an in der Logik!

Quinault. Das heißt: Ich kann mich nicht mehr ändern, ich muß bleiben, wie ich bin. (Faßt ihn bewegt bei der Hand.) Ihr könnt nicht? —

Narciß (herb). Ich will, — ich werde mich nicht mehr ändern! (Peinlich.) Ich kann ja nicht aus mir heraus! (Finster.) Ich muß bleiben, wie ich bin, — ich will es so!

Quinault (ernst). Nun, Ihr müßt wissen, ob Eure Vergangenheit der Art ist, daß Ihr so bleiben müßt, elend mit vollem Bewußtsein. Und das tragt Ihr mit Talenten, die zehn Anderen eine anständige Stellung sichern würden.

Narciß. Ich bin ein jämmerlicher Mensch, Doris, das ist unstreitbar. Ich gleiche dem Wrack, das mit dem Winde treibt, — wozu noch steuern?! — Ich könnte Musikunterricht geben, aber sagt doch, Diderot, würdet Ihr mir Eure Tochter anvertrauen?

Diderot. Eine delicate Frage.

Narciß. Nein, Ihr würdet es nicht, und thätet recht daran! — Unterrichten! Welch' verteufelte Arbeit! — „„Aber greifen Sie doch richtig, Gnädige! Fis, fis! Herr Gott!"" — Wenn man nicht die Aussicht über die Schultern frei hätte, es wäre zum Tollwerden. — Es sieht allerdings Jeder den Narciß Rameau verächtlich an, aber sie haben Alle doch verdammte Furcht, daß ich ihnen schaden könnte. Pah, es giebt in Paris nicht zehn Menschen, die nicht wie ich thäten, nicht thun müßten, um über Wasser zu bleiben. Die Gesellschaft lebt vom eigenen Ruin, sie saugt sich selbst aus, hihi. Und die Selbstaussaugung des Menschengeschlechts nennt man Weltgeschichte.

Quinault. Aber Ihr seid bei dieser Ansicht doch sehr unglücklich. — Wenn Ihr's auch leugnet, ich weiß es.

Narciß (erschreckt). Ihr wißt es? — Wie so? — Nein, — ich bin's nicht! (Spöttisch naiv.) — Oder ja, — mitunter. — das heißt, — wenn ich nichts zu essen habe. Ich lebe schon lange genug, um endlich zu wissen, worin das Glück des Lebens besteht.

Holbach (lächelnd). Und Ihr habt dies Problem gelöst? — Das könnte Euch unsterblich machen. Worin besteht denn das eigentliche Glück des Lebens?

Narciß. Das einzig wahre Glück des Lebens besteht

in — der regelmäßigen Verdauung; der Consum ist die causam ovens des Weltbau's!

Alle (empört aufstehend durcheinander): Pfui!! —

Diderot. Unverschämter Gesell! —

Quinault. O, er ist ein unverbesserlicher Wicht! —

Narciß. Das hab' ich vorher gewußt; (komisch, ernst) aber es ist das Loos jeder großen Wahrheit, daß sie von den Zeitgenossen verlästert wird. Ich bin geistreich, moralisch, wenn ich satt gegessen habe; mein Körper, mein Geist können nicht leben, wenn ich hungern muß.

Diderot. Mir thut es leid genug, Sie mit seiner Gegenwart beleidigt zu haben.

Narciß. Da habt Ihr wieder recht, Herr. Es ist die Strafe aller Leute, daß sie sich für mich interessiren müssen, um sich über mich zu ärgern.

Quinault. Aber Mensch, seht Ihr denn gar nicht ein, daß es ein Höheres im Haushalt der Natur giebt? — Habt Ihr im Leben nie eine Ahnung davon gehabt, daß man leiden und darben kann, und dennoch groß und reich sein im Besitze eines Wesens, einer Idee, einer heiligen Erinnerung, einer flackernden Hoffnung?

Narciß (verwirrt). Ihr, — Ihr — Ihr fragt zu viel! — (Starrt in's Leere.)

Elfte Scene.

Vorige. Barjac (mit einem Brief durch die Mitte).

Barjac (den Brief an Madem. Quinault gebend). Er wurde zur augenblicklichen Ueberreichung abgegeben. (Indem Quinault den Brief nimmt und etwas zur Seite tritt, raunt er:) Lesen Sie um Gottes= willen!

Quinault (hastig). Ha, was ist's? (Zu Narciß). Beant= worten Sie meine Frage, Narciß; Sie sollen mir nicht ent= wischen. (Quinault durchfliegt den Brief.)

Lambert. Ja, antwortet darauf.

Narciß. Was Mademoiselle sagte, ist gewiß recht hübsch, recht edel. — Wenn es derlei Dinge giebt, die uns, wenn wir darben, entschädigen, um so schlimmer für mich, denn ich habe n i c h t s, wofür ich leiden kann. Ihr Narren, das ist ja das Entsetzliche meiner verfluchten Existenz, ich d a r b e e b e n u m N i c h t s! — Eins aber ist immer an mir zu rühmen, — daß ich über meine Handlungen ohne Schimpf, ohne Scham lachen kann, — und wenn mich ganz Paris verachtet, so lange ich mich nicht verachte, lache ich Euch Allen in die Zähne! — Ho, wenn ich ein ausgelernter Spitzbube wäre, ich wäre jetzt ein berühmter Mann, — etwa wie Grimm, der weiße Tyrann, der seine Qualität der Materie, seinen Geist erst zur Geltung bringen konnte, als er seinem Freunde Jean Jaques einen Fußtritt verabreichte, und doch hatte ihn Rousseau in anständige Gesellschaft gebracht, wie Ihr mich, Diderot. Hahahaha, laßt Euch nicht auslachen! — Alle, wie Ihr da sitzt, die ganze noble Gesellschaft von Paris heißt Narciß, Narciß der Selbstliebhaber, der Eigensüchtige, der Ichmensch, Narciß Rameau! — Es ist Zeit in die Oper, Adieu! (Wendet sich nach der Thür.)

Grimm (wüthend). Die Frechheit dieses Burschen grenzt an Wahnwitz, und nur seine Erbärmlichkeit hält mich ab — (Greift nach dem Degen.)

Narciß (einfallend.) Haha, aber ich bin logisch! (Geht lachend nach der Thür.)

Epinay (leise zu Grimm). Er entschlüpft uns, wir müssen ihn fragen! (Laut.) Rameau noch ein Wort! —

Narciß (umkehrend.) Und? —

Quinault (die, als sie den Brief mit steigendem Affect durchflogen, Narciß lange angestiert, plötzlich hervorbrechend). Narciß, eine Frage! —

Epinay (rasch). Wo waren Sie gestern Vormittag um 11 Uhr etwa? —

Quinault (einfallend). Gewiß auf dem Boulevard du Temple? —

Epinay (erschreckend). Wie kommen Sie zu der Frage,

mein Fräulein? (Leise.) Mein Himmel, sie weiß doch nichts davon?! —

Quinault. Das wollte ich Sie soeben fragen. (Leise.) Sollte er's doch sein? — (Allgemeine Spannung.)

Narciß (verwundert). Nun, und was ist's denn? — Ist das so wunderbar, daß ich das Pflaster von Paris trete? — Ja, ich war da!

Quinault (rasch). Ihr saht dort eine königliche Equipage?

Grimm. Saht Ihr sie?

Epinay (für sich). O Gott, sie weiß es!

Narciß. Wohl! — Ganz richtig! — Ich besinne mich! Sechs Isabellen mit carmoisinsammtnem Geschirr? Die Leute meinten, es sei der Wagen der Pompadour; ich hätt' was d'rum gegeben, sie einmal zu sehen!

Quinault, Epinay, Grimm (starr). Er ist's!! — (Alle Uebrigen sind erstaunt näher getreten.)

Quinault (faßt plötzlich Narciß am Arm und zieht ihn bei Seite, leise). Ein Wort, Narciß!

Diderot. Aber was bedeutet das, meine Herrschaften? —

Quinault (leise zu Narciß). Keinen Laut weiter! Ich habe ein Geheimniß für Sie! Erwarten Sie mich drüben an der Ecke in einem Miethwagen! Um Gotteswillen rasch!! —

Narciß (leise). O, ich bin galant! (Laut.) Abieu! (Rasch durch die Mitte ab.)

Epinay (will ihm nachstürzen) Narciß, wohin? —

Quinault (tritt ihr triumphirend in den Weg). Er ruft nur meinen Wagen. Ein Wort, liebe Bouflers! (Zu Bouflers, die rasch zu ihr getreten ist, leise.) Die Pompadour will gekrönt in's Grab steigen. Der Dispens aus Rom ist da! Eilen Sie zur Königin!

Bouflers (entsetzt). Großer Gott!

Quinault (zu Epinay). Er ruft meinen Wagen, denn ich habe dem Prinzen Conti eine sonderbare Neuigkeit mitzutheilen (knixt). Ich habe die Ehre! (Rasch mit Barjac durch die Mitte ab.)

(Kurze Pause, Alles starr, Epinay wie vernichtet.)

Grimm. Eh, beim Satan, sie weiß Alles! —
Diderot. Was weiß sie denn?
Epinay (außer sich). Wir sind verrathen! —
Grimm (stürzt an's Fenster). Sie steigt mit Narciß in den Wagen, er rollt vorbei! — Sie hat ihn mit sich genommen!
Epinay (wüthend). Zum Prinzen Conti! (In Todesangst.) Meinen Wagen! O Gott, meinen Wagen! Ich muß Choiseul sprechen! (Mit Grimm durch die Mitte.)
Holbach. Träum' ich denn? — Was bedeutet diese sonderbare Scene? —
Bouflers (tonlos, starr). Die Pompadour will **gekrönt** in's Grab steigen! Der Dispens aus Rom ist da! —
Alle (aufschreiend). Die Pompadour? —
Lambert. Gekrönt?
Diderot. Und was geht das Narciß an?
Holbach. Ja Narciß?
Bouflers (auffahrend). Ich muß die Königin sprechen! — (Eilt durch die Mitte.)
Lambert. Ich begleite Sie! (Ihr nach.)
(Die Anderen starren ihm sprachlos nach.)

(Der Vorhang fällt rasch.)

Zweiter Act.

Paris (nächster Tag, Nachmittag). — Hotel Choiseul. (Eleganter Salon Rechts und in der Mitte eine Thür. Links Arbeitstisch mit Papieren.)

Erste Scene.

(Wie der Vorhang aufgeht, sitzen **Choiseul** und **du Barri** in tiefem Gespräch auf Sammetsesseln.)

Barri. Ihr früherer Gatte, der Generalpächter d'Etioles, kann es nicht gewesen sein, er ist todt, und hieß François, nicht Narciß, soviel man ermitteln konnte.

Choiseul. Ich bin erstaunt über diese Mittheilung! Das klingt ja völlig romanhaft, Herr Kammerherr!

Barri. Und Sie wüßten von diesem Ausruf der Marquise wirklich nichts?

Choiseul. Ich muß bedauern. Man brachte sie in voller Geistesstumpfheit hierher, und sie verließ das Hotel, ohne eine Silbe zu sprechen.

(Kurze Pause.)

Barri. Die erlauchte Marquise ist nach diesem Vorfall sehr übel.

Choiseul. So sagt man, — aber bei ihrer eisernen

Natur kann sie noch lange leben, — lange genug für Alle, denen sie hinderlich ist.

Barri. Ich kenne Niemand am Hofe, dem sie das wäre.

Choiseul. Das ist mir lieb zu hören.

(Kurze Pause.)

Barri. Gleichwohl ist die Gesundheit der Marquisin so geschwächt, daß es nicht ungerechtfertigt ist, wenn die Vaterlandsfreunde sich fragen, welchen Stand die Dinge nach ihrem Tode haben werden.

Choiseul. Gewiß, und da Sie die Frage wohl erwogen haben werden, so bitte ich um Ihre Meinung, Herr Kammerherr. Welche Combination haben Sie?

Barri. Herr Premier, halten Sie's für möglich, — daß unter — diesem Regime die Zügel der Herrschaft wieder ein — jemand Anderer, als eine Frau in die Hände nehmen könne? —

Choiseul. Das brauche ich dem Kammerherrn nicht zu beantworten, — auch würde ich mich hüten es zu thun!

Barri. Wenn Madame de Pompadour stirbt, wird der König eine Lücke in seinem Leben empfinden, und der, der sie ausfüllt, wird Frankreich beherrschen.

Choiseul. Und dieser D e r wird möglicherweise eine D i e sein.

Barri. Hahahaha! Getroffen! Es wird ein Weib sein, das ihn fesselt und zugleich weise genug ist, dem Herzog von Choiseul die Sorge für Frankreichs Wohl zu überlassen.

Choiseul. Sehr gütig, Graf. Das läßt sich hören. Da wäre zum Beispiel die Königin.

Barri (aufspringend). Teufel, Sie spaßen! — Und darum hätten wir gearbeitet? — Das hieße Ihren eignen Fall mit Bewußtsein vorbereiten!

Choiseul. Wenn er Frankreich nützt, — was liegt daran? — Nun den andern Fall genommen. Also eine neue Liebe? —

Barri. O sicher, ganz sicher! — Herzog, bin ich Ihrer Hülfe gewiß, wenn ich gewählt habe?

Choiseul. Nun, wenn die Wahl vortheilhaft ist! — Aber die Frau von Pompadour lebt noch, — eine Dame, der ich vielen Dank schuldig bin und die ich verehre.

Barri (steht auf). Ach ja! — Nun, ich will Ihre kostbare Zeit nicht länger —

Choiseul. (drängt ihn in den Sessel zurück). Hahaha! Kommen Sie, Graf! — Wir durchschauen uns gegenseitig, aber da wir Gegner sind in der Gunst des Königs, so wollen wir vor einander sicher sein, wie? — Also ohne Umschweife. Sie haben noch Etwas auf dem Herzen, sonst würden Sie wohl nicht zu Choiseul gekommen sein!

Barri. Es ist wahr! das ganze Gespräch ist unnütz, denn Madame lebt noch. —

Choiseul (gespannt). Also wünschten Sie vorerst doch, die Marquise wäre — todt? —

Barri. Ich nicht, ich wahrhaftig nicht, — aber andere Leute.

Choiseul (lauernd). Ja, das Parlament, die Nation, die Partei der Königin, —

Barri. Und (leise) der König selbst!

Choiseul (aufspringend). Was? Und das hat er laut ausgesprochen? —

Barri. O, wo denken Sie hin! — Aber als gestern früh die Frau Marquise in Versailles ankam und man dem Könige in der ersten Bestürzung sagte, sie liege im Sterben, war er sichtlich erfreut, — als der Leibarzt jedoch erklärte, sie könne noch lange leiden, verließ er mit einem Seufzer ihr Boudoir.

Choiseul. Nur eine Bestätigung dessen, was ich längst bemerkt. Er ist ihrer überdrüssig, besonders jetzt, wo sie ihn zu der Mesalliance drängt.

Barri (leise). Sr. Majestät geschähe sicher ein großer Dienst, wenn ein — Ohngefähr den Leiden der armen Dame ein Ende machte.

Choiseul (entsetzt). Du Barri, das ist ein teuflischer Gedanke!!

Barri (erschrocken). Was denn? — Was habe ich denn gesagt? — Um Himmelswillen, Sie verstehen mich doch nicht falsch, Herr Herzog?

Choiseul. O, ich verstehe Sie sehr gut, zu gut fast, du Barri! — Die Idee ist von Ihnen, die Ausführung haben Sie mir zugedacht. Meiner Freundschaft trauen Sie klugerweise nicht, der Mitschuldige ist sicherer. (Lachend.) O, nur nicht beleidigt, lieber Graf, die Prüderie steht Ihnen nicht. Theilen Sie mir Ihren Plan mit, denn den haben Sie doch wohl in der Tasche.

Barri. Wenn man einem Nervenschlage, einem jähen Schreck die Thür öffnen könnte? — Die Marquise sank auf dem Boulevard du Temple mit dem Schrei „Narciß" zusammen. Was würde es wohl für Folgen haben, wenn man diesen Unbekannten plötzlich vor sie brächte?

Choiseul. Ha, der Plan ist gut! — Selbst wenn sie dieser Begegnung physisch nicht unterliegt, fallen muß sie durch sie! — Wo aber soll man den Menschen finden? —

Barri. Das ist es eben, — in dem großen Paris? —

Choiseul (nimm du Barri bei der Hand, ernst). Kammerherr Ihr Vortheil heißt Sie schweigen. Morgen ist Audienz in Versailles; bis dahin werde ich mit mir im Reinen sein, bis dahin werde ich den Menschen ermittelt haben, (lächelnd) und merken Sie sich noch, daß Sie mich sehr leidend getroffen haben.

Barri. Also morgen nach der Audienz, lieber Herzog! (Durch die Mitte ab.)

Zweite Scene.
Choiseul (allein).

Choiseul. Glaubst du, elende Laïayenseele, ich dulde dich neben mir auf der Zinne Frankreichs, dich, dessen ein=

zige Kunst es ist, der Zuführer deines Herrn zu sein? Hoffst du die Hand an's Steuer zu legen, wenn du mich zu deinem Spießgesellen gemacht? Nimmermehr! (Geht bewegt auf und ab, — bleibt stehen.) — Der Plan dieses Menschen ist furchtbar, — aber er ist gut! — (Macht einige Schritte.) Ich regiere Frankreich, so lange die Marquise lebt, — aber wenn sie stirbt? — Ich darf nicht stille stehen! Ich muß mich für eine Partei, so lange es noch Zeit ist, entscheiden und meinen Entschluß mit dem Sturze des Weibes besiegeln, die — — O Gott, Gott! (Pause.) Heute nicht, noch nicht! Morgen nach der Audienz! —

Dritte Scene.

Choiseul. **Lakay** (durch die Mitte).

Lakay (anmeldend). Chevalier von Saint=Lambert, Capitain der Nobelgarde, im höchsten Auftrage.
Choiseul (erbleichend, halblaut). Der Vertraute der Königin? — den führt mein Verhängniß her! Choiseul, die Augenblicke zur Entschließung sind gezählt. (Zum Lakayen.) Eintreten!

Vierte Scene.

Choiseul. St. Lambert (durch die Mitte). **Lakay** (ab).

Choiseul. Ein seltener Besuch, Capitain, um so schmeichelhafter, als er von einem treuen Diener Ihrer Majestät der Königin abgestattet wird.
Lambert. Excellenz, das ist allerdings nicht — Jeder.
Choiseul. Das weiß ich wohl! Ihr Gesuch? —
Lambert. Ich habe kein Gesuch, Excellenz, ich habe eine Frage, und zwar im Namen Ihro Majestät der Königin.

Choiseul. An Ihrem Benehmen, Capitain, hätte ich wohl merken können, daß Sie die Königin sendet. Zur Sache, wenn's beliebt!

Lambert. Excellenz, als ich hierher kam, war mir die Frage Nebensache, was Pflichttreue gegen meine Herrin mich wohl kosten könne. Ich sehe Ihnen in's Auge, ein Edelmann dem andern, und will hoffen, daß der Herzog von Choiseul, der Mann, der Frankreichs Geschick in Händen hält, vor dem simplen Saint-Lambert nicht erbleichen möge.

Choiseul. Was soll das heißen, mein Herr? —

Lambert. Die Königin weiß, daß man damit umgeht, die Marquise de Pompadour dem König — anzutrauen!

Choiseul (außer Fassung). Was? — O, mein Gott! —

Lambert. Ha, sehen Sie mich nur fest an! — Es ist also doch wahr? — O, weiß man doch, daß der Dispens aus Rom schon da ist, und man wird es der armen Fürstin überlassen, ihr kärgliches Jahrgehalt am Hof ihres entthronten Vaters in Lothringen zu verzehren! — Antworten Sie, Herr Herzog, antworten Sie mir, im Namen der Königin, ist dem so?! —

Choiseul (bleich, stotternd). Aber bei der Hölle, woher wissen Sie das?! Wodurch wollen Sie diese Behauptung rechtfertigen?! —

Lambert. Der Staatsmann kann doch nicht sein Gefühl so ganz verbergen. — Ich weiß genug. — (Pause, er sammelt sich.) Ich rede nicht zu Ihnen von dem Schimpf, der Demoralisation, die Frankreich durch diese Frau erduldet, aber wollen Sie denn diese Todtenmaskerade mit dem Fluche des Jahrhunderts, mit dem Falle des Regentenhauses, mit dem gebrochenen Herzen der königlichen Frau erkaufen? — O, hindern Sie dies entsetzliche, schamlose Bündniß, hindern Sie es, Herr Herzog, oder — Sie verdienen nicht mehr den Degen eines französischen Edelmanns zu tragen!! —

Choiseul (kalt und stolz.) Sie sind verwegen bis zum Wahnwitz, Capitain! Es ist Ihr Glück, daß ich nur die

Königin höre, nicht Sie! Es giebt nur Einen Herrn, dem ich diene, dem ich mein Herz, meine Ehre, mein Gewissen selbst zum Opfer bringe, — Frankreich! — — (Wärmer.) Zeigen Sie mir, junger Hitzkopf, den Pfad, den ich gehen soll, das unglückliche, zusammenbrechende Vaterland zu retten, ich will ihn gehn; zeigen Sie ihn mir! — Oder wissen Sie einen besseren Steuermann für dieses Staatsschiff? —

Lambert. Ich bin Ihr Gegner, Herr Herzog, aber ich habe dennoch die Ueberzeugung, daß nur Choiseul Frankreich retten kann.

Choiseul. Meint das die Königin auch? —

Lambert. Herr Herzog, stände ich sonst hier? —

Choiseul. Wenn nun die Pompadour stirbt? — Was dann? — Der König will beherrscht sein, beherrscht von einer Frau. Hätte ich die Gewißheit, daß die Königin im Stande wäre, — in dieser Stunde noch würde ich der Eure!

Lambert (schüchtern, aber warm). Ich hoffe, sie wird es! —

Choiseul. Thörichter Knabe! Mit Hoffnungen heilt man nicht die Wunden eines Reichs, wäscht man kein beflecktes Zeitalter rein! —

Lambert (mit brechender Stimme). Ich bin zu Ende, Excellenz, leben Sie denn wohl! (Uebergiebt ihm ein Schreiben.) Dies mag Ihnen meine Sendung beglaubigen. (Geht die Augen bedeckend langsam nach der Thür)

Choiseul (erschüttert). Mein Gott! (Nimmt das Schreiben, öffnet es und liest, rasch:) Von der Königin selbst! — An mich? — — — Halt, Lambert, halt!! —

Lambert (rasch zurückkommend). Excellenz! —

Choiseul (nachdem er gelesen, in furchtbarem Kampfe). Sagen Sie der Königin, — Choiseul werde — sich morgen entscheiden, ob noch — zu helfen sei! —

Lambert (freudig bewegt). Morgen? — O, Sie wollen sich für die Königin erklären?! —

Choiseul. Lambert, mein Wort kann ich Ihnen nicht geben. — Morgen nach der Audienz in Versailles mag

mich Ihro Majestät erwarten. — Wenn ich nicht kommen
sollte —! — — — Gehen Sie, Lambert, gehen Sie!! —
(Lambert mit stummer Geberde durch die Mitte ab.)
Choiseul (in heftigem Schmerz). O du beneideter Choiseul!
Scylla und Charybdis umdräuen dich! — Entweder die
ewige Schmach, vielleicht den Untergang des Königshauses,
— oder den Sturz, — ja vielleicht den — Tod des
Weibes, dem du Alles, Alles verdankst! — Fürsten hat sie
sich huldigen, die Talente des Jahrhunderts zu ihren Füßen
schmachten, Reiche vor sich gebeugt gesehen, und verächtlich
gelächelt; dich, d'Amboise, hat sie geliebt und erhoben, wie
Keinen mehr auf der Welt! — Und wenn Alles zusammen=
bricht, nein, nein, — ich kann das nicht thun! Das nicht! —
(Pause.) — Aber welcher Unsinnige hat das Geheimniß an
die Königin verrathen? — Und dieser Narciß, dieser Un=
bekannte? — — Ich muß wissen, wer Narciß ist! (Schellt.
— Lakay tritt ein.) Der Polizeipräfect von Paris soll kommen,
sofort! — Ruft Bolieu, den Secretair, in mein Cabinet!
(Lakay durch die Mitte, Choiseul rechts ab.)

Verwandlung.

Wohnung der Mademoiselle Quinault.

Kleiner eleganter Salon. Links eine und in der Mitte zwei Thüren. Links
Sopha, dabei ein Tisch mit Papieren, Putzartikeln u. s. w. Zwischen beiden
Thüren des Hintergrundes ein Nipptisch, auf dessen Sims Raritäten und Nippes,
u. A. ein porzellanener Chinese mit beweglichem Kopf (Pagode), ferner eine
Pendule, steht. Rechts ein Fenster, in dessen Nähe ein Sessel, aber gegen das
Sopha gewendet.

Fünfte Scene.

Doris Quinault (im Morgennegligé und Pudermäntelchen) nebst
Colette (rasch durch die linke Mittelthür).

Quinault (im Heraustreten). O laß nur, Colette, die
Mignons sitzen gut genug. Sieh, ob er noch schläft. —

Colette (horcht an der linken Seitenthür). Er ist aufgestanden, ich hörte ihn im Zimmer auf und nieder gehen.
Quinault. Gut, meine Liebe, — laß mich allein.
[(Colette durch die rechte Mittelthür ab.)]

Sechste Scene.
Quinault (allein).

Quinault. Welch' ein Räthsel in der Brust dieses Menschen? — Unter welch' seltsamen Verhältnissen trafen sie im Leben zusammen, die stolze Marquise und Narciß, der Bettler? — Denn ein Zusammenhang zwischen ihnen muß stattfinden, das fühlte die schlaue Epinay auch, das scheint auch Prinz Conti vorauszusetzen, denn er hält es für wichtig, Narciß verborgen zu halten und seine Vergangenheit zu erforschen. — Aber kann's denn sein? — Nein, nein! — Das einzig Mögliche wäre, daß er mit d'Etiol, dem verlassenen, verstorbenen Gatten dieses Weibes, eine Aehnlichkeit, und diese Aehnlichkeit sie auf dem Boulevard erschüttert hätte. — Ja, nur so bringe ich Vernunft und Zusammenhang hinein. (Kurze Pause.) — Sein unglücklicher Charakter, allen Anderen so lächerlich, hat für mich ein so namenloses Wehe, so etwas unendlich Rührendes, daß ich Alles daran zu setzen im Stande wäre, dieses verkommene Talent, diesen aus seinen Gleisen getriebenen Stern, diesen Demant in schmutziger Hülle an's Licht zu ziehn, ihn allem Guten und Schönen, was den Menschen über sich selbst erhebt, entgegenzuführen. (Pause.) Schon so spät und vom Prinzen Conti noch keine Nachricht! — Was mag Saint-Lambert bei Choiseul erreicht haben? — (Kurze Pause.) — Wie dieser unselige Kampf der Coterien enden soll, mag Gott wissen. — Ach, ich fühle sehr wohl, daß auch ich ein Werkzeug in den Händen meiner Partei geworden bin. Ich gehe mit verbundenen Augen einer Katastrophe entgegen, die mein ganzes Leben umgestaltet. Aber es sei! — Allvater über den Sternen, du siehst mein Herz, du kennst meine Gedanken, du magst mich richten, wenn in der Stunde der Gefahr ich die Sache meiner Herrin vergesse! (Hat die Hände wie zum Gebet gefaltet.)

Siebente Scene.

Quinault. Narciß (durch die linke Seitenthür eintretend).

Narciß (tritt, ohne bemerkt zu werden, zu ihr). So nachdenklich, Semiramis? —
Quinault (auffahrend). Ah, da sind Sie schon! (Nach kurzer Pause, etwas blöde.) Wie haben Sie geschlafen?
Narciß. Ich danke. Ich lag gut, aber schlief schlecht. Ich habe viel geträumt. — Pah, nur der Glückliche schläft ruhig. —
Quinault. Und was träumten Sie? —
Narciß. Ei nichts, Kindereien.
Quinault. Sie scheinen nicht recht gelaunt, — fehlt Ihnen etwas? — Fühlen Sie sich nicht wohl hier? —
Narciß. Nein, Doris, nein! — Was Sie mit mir beabsichtigen mögen, weiß ich nicht, aber ich gehe darauf ein, will Alles thun, was Sie wollen, unter einer Bedingung!
Quinault. Und die ist? —
Narciß. Lassen Sie mich wieder meiner Wege gehen.
Quinault. Narciß, das ist nicht Ihr Ernst! Sie haben doch Alles, was Sie wünschen können. —
Narciß. Aber ich habe Langeweile, das Furchtbarste, was ich kenne! — Das kränkt Sie! — Ja, aber ich muß es Ihnen sagen, ich halte hier nicht aus! Um bei Ihnen auszuhalten, muß man glücklich sein, oder es noch zu werden hoffen. — Hier ist ein ewiger Friede, ein seliges Genießen, eine himmlische Ruhe, und das ist's, was ich nicht leiden kann. — Ueberall sonst bin ich der Narr der

reicher Leute, dazu gemacht, ihre langweiligen Stunden mit den Affensprüngen meines Geistes abzukürzen, aber hier, bei Ihnen, hab' ich seit gestern meine Profession verlernt. Ich war zum ersten Male seit Jahren allein, ich war bei mir selbst, ich kam — ganz zu mir. (Wie abwesend.) Ich träumte mich zurück in eine vergangene süße Zeit, wo die Rosen des Lebens blühten, wo mein Geist jung war und alle Gefühle emporflammten wie ein Dankopfer auf dem Altar der Menschenseele, — wo ich ein Herz an meinem pochen fühlte — — — (Stier, wie irre.) Still, still, nur ganz still; — da kommt er herangekrochen, bleich, lachend, hohläugig, der Wahnsinn; still, ohne Laut drückt er die Pantherzähne in mein wirres Hirn, leckt mit seiner spitzen Zunge an meinem Herzen; — o, o, zu viel! — Es ist zu viel! — (Er taumelt, wie vom Schmerz übermannt, zurück.)

Quinault. Narciß, Sie dauern mich so recht von Herzen. — Ich bin überzeugt, daß der Keim zum Trefflichen in Ihnen nicht erstorben ist. Es fehlt Ihnen nur an einem immerwährenden Ringen und Handeln, an einer guten That, die Sie von Dem abzieht, was Sie den Wahnsinn Ihres Lebens nennen. — Sollte sich denn kein Beruf für Sie finden, der Ihnen zusagte? Würden Sie denn keine Gelegenheit ergreifen, Ihrem Vaterlande, Ihren Freunden zu dienen? —

Narciß. Vaterland? — Freunde? — Pah, hat Der denn ein Vaterland, der Nichts hat? — Das Vaterland ist die Schaubühne der Jugenderinnerungen. — Man hat mich wie einen Hund geprügelt, mir oft nichts zu essen gegeben und mich wie einen Mönch erzogen, damit ich auch ja ein Lump werde! — Das sind meine Jugenderinnerungen! — Und Freunde? — Hat man denn jemals Freunde im Leben? — Giebt's denn eine Treue bis über's Grab? Haha, geht doch!

Quinault. Ihr seid hart, Narciß. — Sagt, wie wollt Ihr Euch das Interesse erklären, das ich für Euch fühle? —

Narciß. Ist das Freundschaft? — Betrügt Euch doch selbst nicht! — Ihr seht in meinen Curiositäten vielleicht etwas mehr, als alle Anderen, ja, Ihr habt Mitleid mit einem verlorenen Menschen, denn Ihr seid gut. Aber ich frage Euch, hat mich Diderot ganz zufällig zu Holbach gerufen, habt Ihr und die Epinay ganz zufällig gefragt, was ich auf dem Boulevard du Temple gemacht habe? — Meiner Treu, mir scheint fast, die spinöse d'Epinay hätte mir eben so gern Kost und Wohnung gegeben, wenn ihr die Vorleserin der Königin nicht zuvorgekommen wäre; — ist das auch Freundschaft? —

Quinault (lächelnd). Daß die Leute neugierig sind, Euch kennen zu lernen, ist Euch doch nichts Neues. Daß ich mich für Euch interessire, wird Euch vielleicht weniger wundern, wenn Ihr Euch Dessen erinnert, was Ihr mir an jenem Abend sagtet, als ich die Rodogune spielte. — (Ernst.) Die Epinay hatte aber andern Grund für ihre Theilnahme — sie wollte Euch zum Werkzeug ihrer Pläne machen, und ich, als Anhängerin der Königin, konnte das nicht dulden. — (Kurze Pause.) Sagt, kennt Ihr die Marquise de Pompadour? —

Narciß. Nein, Kind! Ich hätte sie wohl gern einmal gesehen, aber ich bin nie dazu gekommen. —

Quinault. Kennt Ihr aber wohl den Finanzpächter d'Etiol? —

Narciß. d'Etiol, d'Etiol? — Ich kenne Buret, Bret und Grignon — lauter fette Staatspolypen, — aber d'Etiol? — Nein! —

Quinault. Dann ist mir Alles unerklärlich! — Genug, wenn ich Euch sage, daß Euer Name, Eure Person mit einer Begebenheit bei Hofe im Zusammenhang steht, die bis jetzt noch Niemand enträthseln konnte. — Man interessirt sich für Euch, und mich soll es wahrhaft freuen, wenn diese seltsame Begebenheit dazu dienen sollte, Euch zu nützen.

Narciß. Das ist verdammt drollig! — Ha, es gehen Tausende an einem königlichen Wagen vorüber und kein Teufel frägt nach ihnen. — Na, mag's sein! — das Schicksal hat sich zu oft hündisch gegen mich erwiesen, als daß ich irgend etwas von ihm erwartete.

Quinault. Ihr werdet mir aber doch nun eingestehen, daß ich Euch nicht von mir lassen darf! —

Narciß. Ich aber sage Dir, Mädchen, noch eine solche Nacht, wie die vergangene, und — (finster) mein Fenster geht auf die Seine! —

Quinault. Aber, Unglücklicher, was verlangst Du? — Mitleid, wie eherne Pflicht gebieten mir, Dich bei mir zu behalten! Begreifst Du nicht, daß auch ich ein Opfer bringe, daß meine Ehre, mein Ruf durch Dich auf dem Spiele steht? — Wenn ich aber einer heiligen Sache diene, schwindet jegliches Bedenken, — ich bin nichts im Vergleich zu der Idee, der ich mich weihe. Mag ich zu Grunde gehn, wenn sie nur siegt, mich entschädigen die Thränen, die über meinem Grabe geweint werden.

Narciß. O ja, die Historie hat solcher Leute genug, wie Sokrates, der den Schierling trank. — Pah, das half ihnen auch was Rechts, und der Idee, — der Geschichte, — den Menschen? — Ihr spaßt! Als ob man sich je die Lehren großer Männer, — die Erfahrungen der Zeit zu Nutze machte! Bewunderung ist Alles, was wir zu Wege bringen, und Bewunderung ist eine gar billige Entschuldigung für unsere eigene Erbärmlichkeit.

Quinault. O, man könnte an der menschlichen Natur verzweifeln, wenn man Euch hört! — Also die Geschichte des Menschengeschlechts ist Euch nur ein Kreis, der in seinen Ursprung zurückläuft, Ihr leugnet jede Vervollkommnung zum Bessern, Höheren? —

Narciß. Lassen Sie das, Doris. — Ich leugne nichts, ich behaupte nichts. Die Geschichte ist die Entwicklung unseres Geschlechts, — gut sei es so; — aber nur ein unsterbliches Auge vermag sie als unendliche Spirale zu betrachten, — für uns Lebende ist sie ein Kreis, auf dem wir wie die Milben tastend herumkriechen.

Quinault. Und sind die Männer nicht verehrungswürdig, die im Dienste dieser Entwickelung gestorben?

Narciß. Das sind sie; — aber nicht Alles möcht' ich nachmachen, was ich verehre. Dazu gehört Begeisterung. — Mich begeistert nichts mehr!

Quinault (voll sittlicher Empörung). Dann bist Du namenlos unglücklich, Mensch, denn Du bist zugleich verächtlich! — (Kurze Pause, dann bittend.) Und haben Sie denn nicht den Muth, Narciß, das Etwas in Ihrem Leben, über das Sie nicht hinwegkönnen, einer Freundesbrust mitzutheilen? — — Denken Sie, ich sei — Ihre Schwester, — die Sie recht, recht lieb hat, — vielleicht haben Sie den Muth dazu! —

Narciß. Ich kann nicht. — Es ist eine zu winzige Geschichte, ein zu alltägliches Ding, als daß Sie darüber nicht lächeln sollten; — für mich ist es die Quelle alles Elends, ich — lache nicht darüber.

Quinault. Und wenn mich schon die Hülflosigkeit Deines Charakters rührt, soll ich kein Herz für die Ursache desselben haben? O, entdecke Dich mir, mein Freund! —

Narciß (nachdem er mit sich gerungen, überwunden). Sei es denn! — Aber lache nicht, Weib, lache nicht; — das könnte mich rasend machen! — — — Wende Dich weg, — (sie thut es) — ich will Dich nicht sehen. — Ich werd's kurz machen, denn das Geständniß peinigt mich. — Es sind etwa zwanzig Jahre her, — ich ernährte mich von Musikstunden und spielte in den Schänken der Vorstädte, denn mein Vater war todt und mein Onkel, der große Kapellmeister, wollte nichts von mir wissen; — er kannte meine Fähigkeiten und hatte Angst, ich möcht' ihm in der Musik über den Kopf wachsen. — — Ich hatte — — eine Frau! — O, wie schön sie war! Diese Augen, dieser Mund mit den Perlenzähnen, diese blendende Brust! Und was für kleine Füße sie hatte, o, es war zum Entzücken! Ach und sie sang so schön, und hatte ein Herz, wie für mich geschaffen! — Wir schworen uns Liebe bis an's Grab. — Sie hieß Jeanette. — Wer ihre Eltern waren, sagte sie mir nie. Sie lief der Alten weg und zu mir, und ich heirathete sie. — Wir hatten freilich nicht sehr viel, aber verdienten unser ehrlich Brod. — Da, eines Tages —

Quinault. Eines Tages?

Narciß. Ging sie von mir fort — und kam nicht wieder! — Ich war allein! — — — — Ich habe sie gesucht wie ein verstreutes Kleinod, gesucht wie das weinende Kind seine Mutter, gesucht wie ein Verdammter sein verlorenes Eden, — sie kam nicht wieder! — ich bin alt geworden und schlecht und verächtlich, und ich suche sie noch; — und wenn ich sie gefunden habe, — dann will ich sterben!! (Sinkt in die Kniee und verbirgt sein Gesicht in die Hände.)

Quinault (auf's Tiefste erschüttert). O, das ist sehr traurig, so gewöhnlich es ist; — um so trauriger, als diese unselige Liebe das Leben, den Charakter eines Menschen vergiftete, dessen Anlagen ihn zum Edelsten seiner Zeit hätte machen können. (Hebt sein Haupt in die Höhe.) Sage mir, Armer, hast Du das treulose Weib denn nicht wiedergesehen?

Narciß (schreiend). Nie!!

Quinault. Sie wird gestorben sein.

Narciß (aufspringend). Aber ich weiß ja, daß sie lebt! — — Eines Tages begegnete ich meinem Onkel, dem Musiker. — „Narciß," sagte er, „Deine ehemalige Frau ist eine vornehme Dame. Wenn Du Frankreich verlassen willst, will sie Dir 10,000 Francs geben." — „Das mag der Teufel segnen," brüllte ich und lief davon; — ich lief in's Gehölz von Boulogne, wo's recht einsam ist, und (schluchzend) da hab' ich mein bischen Menschenwürde begraben! (Er wendet sich weinend fort.)

Quinault (mit heiligem Eifer). Narciß, heilig ist mir Deine Liebe, erschütternd Dein Schmerz, — er ist der Wahnsinn Deines Lebens, — unheilbar! — O, Du wurdest nicht nur von der Welt um Dein Liebstes betrogen, sie hat Dich auch aus den Fugen der Menschenwürde getrieben, Du hast recht. — (Heroisch.) Räche Dich an dieser perfiden Welt durch eine freie That, zeig' ihr, daß in der Brust des zertretenen verspotteten Narciß der Funke einer Göttergröße schlummert, vor dem sie in Scham zu Boden sinken soll!!

Narciß. Ja, ja, Du hast recht, Mädchen! — Zeige mir die That, die ich diesem Gezücht in's Antlitz schleudern kann, dieser Rotte gezähmter Bestien! Ich will sie thun, so wahr ich dies treulose Weib noch liebe, liebe bis zur Narrheit! — Oder nein, nein, thue es nicht! Im Staube war ich unglücklich, doch nicht schlecht, ich habe mich doch noch selbst geliebt, geachtet, habe das Gefühl für die Verlorene in mir angebetet, geehrt. Wer giebt mir Bürgschaft, daß Deine große That, die ich thun soll, nicht bei mir selbst verächtlich, in meiner Hand nicht zum eigenen Fluche werde?! —

Quinault (voll Hoheit). Ich bürge Dir dafür mit meiner weiblichen Ehre, mit dem, was unser Geschlecht besitzt, als Anker in allen Stürmen, mit dem heiligen Gefühl der Würde und Scham!! — (Pause.)

Narciß. Ein Zucken meines Herzens mahnt mich ab, — ein Widerwille. — — — — Gut, es sei! Auf Dich falle die Schuld, wenn die Tugend mich vernichtet!

Quinault (glühend). Sie falle auf mich! — Es giebt Thaten, edle, ewig schöne Thaten, die uns für ein ganzes verlorenes Leben entschädigen können, die den Aermsten aus dem Staube zur Götterhöhe heben und die den Preis des Lebens selbst werth sind.

Narciß. Und eine solche traust Du dem armen Narciß wirklich zu?! —

Quinault. Ja, weil ich die Empfindungen dieses namenlos unglücklichen Herzens verstehe, weil Narciß für mich weiser und besser ist, als die Thoren des Tages, und ich dem armen gebrochenen Menschen emporheben möchte aus dem Staube, — daß er prange als Perle im Diadem der Menschheit!

Narciß (breitet wie verklärt die Hände nach ihr aus). O Du Genius meines zerschlagenen Erdenglücks, heiliger Schatten meiner verlorenen Liebe!!

Achte Scene.

Vorige. **Colette** (durch die rechte Mittelthür).

Colette (bleibt an der Thür stehen, indem sie einen Brief emporhält, wichtigthuend zu Quinault). **Vom Prinzen Conti!** —

(Der Vorhang fällt rasch.)

Dritter Act.

Versailles (nächster Tag Mittag.) Salon der Marquise de Pompadour im überladenen Geschmack des Zeitalters mit vielen Vergoldungen. Durch die offenen Arkaden des Hintergrundes, welche von Säulen gebildet werden und mit Vorhängen geziert sind, sieht man die üppigen Gärten des Königs mit Figuren und Springbrunnen. Im Arkadengange hält ein Nobelgardist Wache. Links und rechts eine Thür. Links nach dem Vordergrunde zu ein vergoldeter Tisch, daneben ein vergoldeter Sammetfauteuil, der, sehr groß, mit schwellenden Damastkissen ausgefüttert ist. An der Thür links und rechts hält ein gallonirter Lakay Wache.

Erste Scene.

Marquise Epinay und **Choiseul** (im eifrigsten Gespräch).

Choiseul. Ist's denkbar?

Epinay. Er bejahte und beschrieb genau die königliche Equipage.

Choiseul. Das glaube ich nicht.

Epinay. Und doch mußte Rameau der Narciß gewesen sein, den die Frau Marquise de Pompadour sah, denn kaum war das Wort aus seinem Munde, als Quinault davon eilte und diesen Menschen mit sich nahm. — Man hat ihn seitdem nicht wiedergesehn. —

Choiseul (nach kurzer Pause sehr ernst). Marquise, Sie wissen, was unserer wartet, wenn Frau von Pompadour stirbt; — schweigen Sie daher über Alles, was bei Holbach geschah.

Epinay (eifrig). Sie müssen diesen Menschen sogleich polizeilich aufheben lassen, die Quinault hält ihn sicher verborgen!

Choiseul. In diesem Falle ist jedes gewaltsame Mittel unpolitisch. (Spitz). Was die Königin einmal weiß, kann man ihr nicht mehr entreißen. — Sie zittern ja so, meine Gnädige? (Führt sie in den Sessel.) Setzen Sie sich doch! — (Scharf.) Sie werden also schweigen, nicht wahr? — (Sie neigt bejahend das Haupt.) Ferner werden Sie Ihren ganzen Einfluß aufbieten, um die Vermählung der Marquise mit dem König zu beschleunigen. — Wenn Choiseul auch krank ist, so hört er doch jede Stecknadel in Frankreich fallen. — — (Lächelnd.) Trösten Sie sich aber, der ächte Narciß ist schon mein, Quinault hat sich wie Sie in der Person gröblich getäuscht.

Epinay (aufstehend, bleich, stotternd). Herr Herzog! —

Choiseul (einfallend). Vergessen Sie keines meiner Worte, Gnädige, und melden Sie meine Anwesenheit der hohen Frau vor allen Dingen.

Epinay (wankend links ab).

Zweite Scene.

Choiseul (allein).

Choiseul. O, es wird Tag vor meinen Augen! — Der Narciß wäre also gefunden?! — An dem Schrecken dieses albernen Weibes habe ich gesehn, daß sie aus der Schule schwatzte, — man muß sie beseitigen. — Also bei der Quinault ist dieser Bursche zu finden? — Er ist in den Händen der Partei der Königin. — O, mir bleibt keine Wahl mehr! — Es ist gut, daß ich ihn in den Augen der Epinay als unwichtig hingestellt, ich kann ihn nun ver=

wenden wie ich will, für und wieder! — — Wenn ich nur erst wüßte, was ihn mit der Marquise verbindet? — Mein Hirn kann sich gar keinen Zusammenhang denken, es müßte denn, wie du Barri sagte, zwischen ihm und d'Etiol eine frappante Aehnlichkeit sein. —

Dritte Scene.

Choiseul. du Barri (rasch durch die Arkaden).

Barri. Ah, da sind Sie schon, Herr Herzog, Meine Ahnung hat mich nicht betrogen. Terray, Silhouet und Maupeau kommen eben durch den Garten; ich bin vorausgeeilt, um Sie zu sprechen. Haben Sie sich entschieden?
Choiseul. Nach der Audienz, Graf, — nicht eher. — Aber hören Sie, es ist von äußerster Wichtigkeit, die Heirathsceremonie mit dem König zu beschleunigen.
Barri (fährt zurück). Herr Herzog?!
Choiseul. Ja wohl! (Halblaut.) Wenn ich es auf mich nehme, versäume ich den rechten Augenblick nie. Die Festlichkeit selbst wird unseren Plänen dienen. — haben Sie sich denn überlegt, unter welcher Form man ihr den Menschen vorführen könnte, wenn man ihn gefunden?
Barri (halblaut). Wie wär's mit einem Schauspiel? Ich hab' es ihr gestern zum Festprogramm vorgeschlagen.
Choiseul. Prächtig, lieber Graf! Gleiche Geister begegnen sich immer.
Barri. Nicht wahr, Herzog? — Still, unsere Collegen! —

Vierte Scene.

Vorige. Terray, Silhouet und **Maupeau** (von den Arkaden im Gespräch eintretend, verbeugen sich, Choiseul begrüßend).

Choiseul. Ich begrüße Sie, meine Herren Minister.
Terray. Excellenz war einige Tage krank? —

Choiseul. Ja wohl, der plötzliche Schreck. — Was giebt es Neues in Paris? —

Maupeau. O, einen himmelschreienden Insult, der dem Herrn Finanzminister widerfahren ist! —

Choiseul. Wie so?!

Barri (lachend). Ach, das hätte ich Ihnen bald mitzutheilen vergessen, Excellenz. Denken Sie nur! Ein Witzkopf hat das Portrait des Herrn von Silhouet höchst ähnlich in schwarzem Papier ausgeschnitten, natürlich nur im Profil, ohne Augen, — und so hängt er in allen Bilderläden. —

Choiseul. Und die Pointe? —

Barri. Haha! Dergleichen Bilder heißt der Pöbel nun Silhouetten, weil sie schwarz sind, wie die Seele des Marquis, und leer wie sein Staatsschatz, haha! — (Alle, außer Choiseul und Silhouet, lachen.)

Silhouet (pikirt). Schlimm genug, daß Sie über diese persönliche Beleidigung lachen, — die Gerechtigkeit gebietet —

Choiseul (einfallend). Nein, die Klugheit gebietet, lieber Marquis, eine Beleidigung zu vergessen, die alle Lacher — und auch alle ernsten Leute auf ihrer Seite hat!

Fünfte Scene.

Vorige. Erster Cavalier (von links).

Cavalier. Die Frau Marquise de Pompadour! (Tritt an die Seite.)

Sechste Scene.

(Indem **die Vorigen** sich rechts in einer Reihe dem Sessel gegenüber aufstellen; so daß dieselbe mit du Barri beginnt, auf den Choiseul, Terray, Silhouet und Maupeau folgen, tritt der **zweite Cavalier** von links ein und rückt die Kissen des Fauteuils zurecht. Die **Marquise de Pompadour** erscheint, auf den Arm der **Marquise d'Epinay** gestützt; sie ist sehr blaß und schwach, und in eine prachtvolle Negligérobe gekleidet, — ihr folgt ein **Page** mit einem silbernen Tablet, auf dem Arzneien stehen und ein **zweiter Page** mit einem sammtnen Fußschemel; ferner **sechs Hofdamen** und zum Schluß **zwei Kammerdiener**. Die Minister verbeugen sich, **Pompadour** grüßt und setzt sich mit Hülfe der Epinay und der beiden Cavaliere in den Fauteuil, Page legt den Fußschemel vor sie. Die Wache präsentirt beim Auftritt der Pompadour. Die Kammerdiener treten in den Hintergrund.)

Pompadour. Ich freue mich, Chevaliers, Sie wiederzusehn. Plötzliche Unpäßlichkeit zwang mich Ihren Umgang zu entbehren, — doch ich hoffe noch recht lange unter Ihnen zu bleiben. (Sie hält sich das Herz und athmet schwer.)

Choiseul. Mit dem tiefsten Bedauern — (verbeugt sich).

Terray (einfallend). Beklagen wir einen Unfall — (Verbeugt sich.)

Barri (einfallend). Doch wir hoffen — (Verbeugt sich.) Die Minister geben durch stumme Bewegungen ihr Bedauern zu erkennen.)

Pompadour (rasch einfallend). Keine Condolenzen, meine Herrn, das klingt wie ein Todtengeläut. Ha! (Sie faßt sich an die Stirn.) Marcell, meine Arznei! (Der Page präsentirt Madame Epinay die Arznei, welche sie der Pompadour reicht. Indem die Marquise die Arznei nimmt):

Barri. Seine Majestät der König läßt sich nach dem Befinden von Madame erkundigen; er ist noch immer höchst besorgt. —

Pompadour (die eben die Arznei einnehmen will). Sieh da! Also besorgt ist er? — (Nimmt die Arznei ein.) O, sagen Sie doch Sr. Majestät, es sei mit uns noch lange nicht zum Sterben. Ersuchen Sie ihn in unserem Namen, mit uns heute Nacht zu speisen. (Sie setzt eine Lorgnette auf und mustert die Minister.) Haha, da ist ja auch Marquis Silhouet! — (Dieser tritt vor und verbengt sich.) Haha, der arme Marquis! Man macht ein schwarzes Portrait von ihm, schwarz wie seine Seele und leer wie der Staatsschatz! Hahaha, es ist einzig! — (Auf einmal wirft sie sich krampfhaft zurück in den Sessel, ein Nervenschauer durchzuckt sie: Alles tritt ängstlich einen Schritt näher, kurze Pause.) O Gott, wieder diese Nervenwallung! Dieses Drängen des Blutes nach dem Hirn, und dann dieser plötzliche Schlag vom Kopf in die Kniee! — Helfen Sie mir, liebe Epinay! (Epinay richtet sie auf.) Wischen Sie mir die Stirn ab! (Epinay thut es.) Es ist kalter Schweiß. — Wenn ich lache, geht es mir immer so, es ist abscheulich! — Nun, trösten Sie sich nur, Silhouet, wir werden nächstens auch von uns eine Silhouette machen lassen; schwarz und leer, — ach, es ist zu köstlich! — O, wie schlecht wieder die Kissen liegen, — sie drücken ja! — (während der erste Cavalier herantritt.) — Sie sind wirklich ein Muster von Ungeschicklichkeit, Chevalier Salvandy! (Er will sprechen.) Schon gut, gehen Sie nur! — (Sie thut, als erblickte sie Choiseul erst jetzt.) Ei seht doch, der Premierminister auch? — (Choiseul trit vor.) Sie sind in den letzten Tagen sehr haushälterisch mit sich umgegangen. — Doch es ist gleich. Ich danke Ihnen übrigens für die kurze Gastfreundscha't, die mir das Hotel Choiseul unlängst erwiesen, — Man sagte mir soeben, Sie seien krank gewesen. — ist dem so, Herr Herzog? —

Choiseul. Leider, hohe Frau. Dies mag auch meine einzige Entschuldigung sein. Ich war recht krank.

Pompadour. Also ein Leidensgefährte, — und was fehlte Ihnen? —

Choiseul. Möchten Sie doch erlauben, daß ich die Leiden vergangener Tage nicht wiederhole. Choiseul ist genesen, weil seine edle Gönnerin genas.

Pompadour. Treten Sie doch näher, lieber Choiseul. (Giebt ihm die Hand; während er sie küßt, leise.) Ich hatte so Wichtiges mit Ihnen zu sprechen, d'Amboise; mein Zustand war entsetzlich.

Choiseul (leise). Hätte meine Herrin in Choiseul's Herzen gelesen, das hätte sie erleichtert. (Tritt zurück.)
Pompadour. Bleiben Sie an meiner Seite, lieber Herzog. (Choiseul nimmt d'Epinay's Platz am Fauteuil ein, d'Epinay tritt rechts von Pompadour an den Tisch.) Graf du Barri, hat Seine Majestät die Festlichkeit schon angeordnet?
Barri. Nicht bestimmt, Madame. Der bedenkliche Zustand, — doch sprach Seine Majestät von einem Schauspiel.
Maupeau. Unter dem großen Ludwig wählte man zur Vorfeier eines Hoffestes stets ein recitirendes Drama, in dem besonderer Pomp entfaltet ward.
Pompadour. Das läßt sich hören. Ich wünschte aber wohl, daß ein pikantes Ballet eingeflochten würde. Das ist etwas für den König. — Herr Kanzler, Sie übernehmen das äußere Arrangement, der Herr Kammerherr wird das Ballet mit gewohnter Finesse ersinnen, und Silhouet hat die Ausgaben zu bestreiten.
Silhouet (zuckt die Achseln).
Pompadour. Ich hoffe, daß man es hierbei an nichts fehlen lassen wird. Uebrigens denke ich bei einer Feierlichkeit, die mich nahe angeht, die Treuesten meiner Freunde zu belohnen. — Gewiß, liebe Epinay. — Haben Sie schon ein Drama gewählt, Herr Kammerherr? —
Barri. Diese interessante Pflicht hat sich Herr Herzog von Choiseul vorbehalten.
Choiseul (sehr kurze Pause). Madame erlaube, daß ich den Namen des Schauspiels verschweigen darf.
Pompadour. Ah, eine Ueberraschung! Das ist schön! Aber nur bis zur Probe. Die Aerzte haben mir große Vorsicht angerathen, auch ist man bei der Festlichkeit selbst zu zerstreut. Ich werde daher den Tag vorher einer Probe beiwohnen, man kann sie zu meiner Bequemlichkeit hier im Salon abhalten.
Choiseul. Zu Befehl.
Pompadour. Wer wird darin spielen, Herzog? —
Choiseul. Noch weiß ich es nicht genau. Für den

Helden habe ich einen jungen Mann von großem Talent, den ich der königlichen Gunst empfehlen möchte.

Pompadour. Nicht übel! Ich liebe die Talente, — sein Name? —

Choiseul. — Laitard! —

Pompadour. Ah, gut, und die Heldin des Stücks? —

Choiseul. Habe ich noch nicht.

Pompadour. Da kommt mir ein köstlicher Gedanke! Wie wäre es, wenn man die Quinault nähme?

Choiseul. Ha, die Quinault! — Sehr gut! — Zu Befehl!

Pompadour. Treten Sie nun ein wenig in die Vorzimmer, meine Chevaliers und Damen, ich habe mit dem Herrn Herzog von Choiseul zu sprechen. —

(Die Minister gehen rechts, die Damen, Chevaliers und Pagen links, die Kammerbediener durch den Hintergrund ab.)

Siebente Scene.

Marquise de Pompadour und Choiseul (allein).

Pompadour (nach einer kurzen Pause ganz erschöpft). Setzen Sie sich zu mir, Choiseul. (Sie schiebt ihm mit dem Fuße den Fußschemel zu, er setzt sich.) Wir sind endlich allein. (Pause.) Wissen Sie noch, d'Amboise, wie Sie frisch aus dem Feldzuge von Mastricht nach Paris kamen, und mir das erste Mal bei Hofe vorgestellt wurden? ha, der schüchterne Offizier von verkommenem Adel der jugendlichen Coquette aus dem Bürgerstande! — Wir waren zwei Abenteurer, die dem Ruhme nachjagten. — Der Spiegel betrügt mich nicht mehr; die Falten, diese farblose Haut, der matte Blick. — Das ersehnte Glück ist da, — nur die Jugend und die — Unschuld kommen nicht wieder. — O meine Jugend! —

Choiseul. Aber wozu jetzt diese Erinnerungen, hohe Frau —

Pompadour. O laſſen Sie den Titel, Freund, dieſe lächerliche Firma für die erbärmliche Hohlheit dieſes Lebens. Wir, d'Amboiſe, haben es nicht ſo mit einander gehalten; — — uns iſt dieſe Maskerade eben nur Maskerade; haha! — (preßt heftig die Hand an's Herz) O dieſes Herzklopfen! — und ſo ſind wir denn bis hierher gekommen. Jetzt aber geht's zu Ende. —

Choiſeul. Um Gotteswillen! — (Will aufſtehen.)

Pompadour (hält ihn an der Hand zurück, er ſetzt ſich wieder). Mag geſchehen, was da will, d'Amboiſe, — mich trifft nichts unvorbereitet; — doch es iſt beſſer, ich theile mich mit, — das macht das Sterben leichter. — Ich will mit Ihnen ſprechen, wie der Menſch mit den Menſchen, wie ein treuer Gefährte mit dem andern ſpricht. — Ich habe mich im Leben oft entwürdigt, aber mein Herz hat ſich nie ſelbſt Gefühle vorgelogen, die ich nicht beseſſen. So lange wir uns kennen, d'Amboiſe, ſo lange ich bei Hofe bin, habe ich nie geliebt.

Choiſeul (aufſpringend.) Sie haben mich nie geliebt, Mar= quiſe?! — Nie?!!

Pompadour (reicht ihm die Hand und zieht ihn auf den Fußſchemel zurück). Nein, d'Amboiſe, — nie! — Der Ehrgeiz iſt wie das Spiel, er tödtet die ächte Liebe. Jeanette Poiſon, die Tochter des Gewürzkrämers — hat geliebt, Madame d'Etiol und die Marquiſe de Pompadour nie!! —

Choiſeul. Ha zu viel! —

Pompadour (indem ſie ſeine Hand tätſchelt). Das iſt ein Stich in Ihr eitles Herz, Choiſeul?! — Ja, ja! — Eitelkeit müſſen Sie ſich abgewöhnen, wenn Sie ein großer Mann ſein wollen. — Ich hätte nicht geglaubt, daß Sie ſich ſo etwas noch einbildeten, — das thut mir leid, mein Lieber; — — — aber Choiſeul, Sie ſind doch der armen Jeanette Freund? —

Choiſeul. Und Sie können einen Augenblick daran zweifeln? —

Pompadour. Ich möchte vor meinem Tode mir noch

eine Thräne sichern. O, b'Amboise, was gäbe ich für eine Thräne, eine heiße Menschenthräne, so recht aus tiefster Seele an meinem Grabe geweint! Ich habe ein unschätzbares Leben unwiederbringlich verloren, meine Jugend hingeworfen für ein Phantom: „Ehrgeiz und Genuß," — o, mein Schöpfer! (Sie faltet die Hände auf der Brust. Kurze Pause.) — Als ich noch jung war und blühend, da liebten sie mich Alle, die Welt lag in Bewunderung vor mir auf den Knieen, ja, Maria Theresia selbst hat ihren Stolz vor mir gebeugt. — Jetzt fühle ich, wie sie von mir weichen. — Die Nation flucht mir, das Parlament, die Parteien warten auf meinen Tod, und dieser Ludwig sucht schon mit lauerndem Blick meine Nachfolgerin. — (Choiseul will sprechen.) Unterbrechen Sie mich nicht, b'Amboise! — Einmal im Leben habe ich geliebt, eine kurze Zeit, aber heiß und unsäglich. — Als ich an den Hof kam, wußte man nicht und hat es nie erfahren, daß ich vor b'Etiol schon das Weib eines Andern war.

Choiseul. Das ist unmöglich!! — —

Pompadour. Es ist so, b'Amboise. — Wer meine Eltern waren, wissen Sie. Ich lernte frühzeitig mein Zeitalter durch sie verachten. — Ich liebte einen armen Musiker, der sich sein winziges Brod in den Wirthshäusern verdiente, ich liebte ihn rein und wahr, das einzige Mal in meinem Leben. — Ich entlief meiner Mutter und ging zu ihm, — aber ich kannte die Entbehrungen des Lebens nicht, ich wußte nicht, was Armuth sei. Bei ihm lernte ich die Liebe, aber auch das Elend kennen. — Ach, nach einem Jahre schon nannte ich mich Madame b'Etiol. — Da ich die Treue Dem, den ich liebte, gebrochen, was Wunder, daß ich, bei einem kühnen Geist, einem eisernen Willen, die Gebieterin Frankreichs geworden bin.

Choiseul. Und wie hieß dieser Mann? —

Pompadour. Narciß, der Neffe Rameau's.

Choiseul (für sich). Ha, doch!

Pompadour. Ich habe ihn lange nicht gesehn, — im

Rausche des Stolzes, im Bacchanal des Ruhmes habe ich mein Herz erstickt, — aber seiner nicht vergessen. — Damit er leben sollte, habe ich ihm namhafte Summen durch seinen Oheim, den Musiker, zugewendet. Ich glaubte ihn vor Mangel zu schützen; — aber dieser gewissenlose Mensch, dieser geizige Schuft, den ich dafür mit dem Adel belohnte, hat die Summen unterschlagen, denn ich habe den Armen vor drei Tagen auf dem Boulevard du Temple gesehn, in Lumpen — in Lumpen!! — (sie bricht fast zusammen, wimmernd) und ich liebe ihn noch! —

Choiseul (bleich und zitternd, indem er sie unterstützt). Ha, sie stirbt in meinen Armen! —

Pompadour. O nein, noch nicht! — — (erholt sich) Choiseul, geben Sie mir Ihr Wort, — wenn ich gestorben bin — (knirschend) stecken Sie diesen Erbärmlichen in die Staatsgefängnisse! Ohne Licht, ohne Luft, wie der habgierige Geier im Käfig soll er sterben!! —

Choiseul. Ihr Wunsch ist mir heilige Pflicht.

Pompadour. Nun wissen Sie Alles! — Mein Leben war eine Rache an dieser verwilderten Gesellschaft, diesem verfluchten Jahrhundert, das mich geboren, das mein Herz von Geburt an gegen die Tugend verhärtet, das mir mein Liebstes in den Staub trat. — Ich bin die lächelnde Eris Frankreichs gewesen, habe es an den Rand des Abgrunds geführt, in den es prasselnd stürzen, in dem es modern muß, bis eine blutgetaufte Zukunft die Arche des neuen Geschlechts aus der Sündfluth trägt!! — Sie haben meine Hand gefühlt, ich bin befriedigt! — (Kurze Pause.) Aber ich habe ihn wiedergesehn, und die alten verlorenen Jahre, wie nagende Träume, sind mir zurückgekehrt. Aus blauen Kinderaugen schaut meine Jugendzeit mich an, bittend und bleich, und die weinende Erinnerung an verlorene Erdenschöne. — — Ich fühle nun nichts mehr, als den überwältigenden Ekel am Leben, ich freue mich auf die stille Stunde, in der der Tod kommt und dies welke Herz zusammendrückt; — schwarz und leer, — hahahaha!

Choiseul (rasch und scharf). Und die Vermählung?! —

Pompadour (hastig). Ha, sie muß beeilt werden, ehe es zu spät ist, noch mit sterbender Hand will ich den König festhalten, bis ich den goldenen Reif am Finger trage! —

Choisenl. Und um so mehr muß man die Vermählungsceremonie beschleunigen, als die Königin bereits unterrichtet ist.

Pompadour (wüthend). Bei der Verdammniß, wer that mir das?! —

Choiseul. Die Königin hat es durch die Schauspielerin Quinault erfahren, vorgestern, als Frau von Epinay die Holbach'sche Soirée besuchte. —

Pompadour. Was?! O Freundschaft, Freundschaft!! — Gut! — Nur Sie noch, d'Amboise, — Sie sind der Letzte! (Schellt.)

Achte Scene.

Vorige. Erster Cavalier (von links).

Pompadour (kurz, schneidend). Eintreten! (Cavalier öffnet links, dann rechts die Thür.)

Neunte Scene.

Vorige. Sämmtliche Personen der sechsten Scene (treten auf und beobachten dieselbe Ordnung. Die Pagen stehen im Hintergrunde).

Pompadour. Marquise Epinay! —

Epinay (tritt vor, bestürzt). Hohe Frau?! —

Pompadour. Marquise, wir entbinden Sie sofort Ihrer Pflichten gegen uns. Sie werden Versailles für immer verlassen. — Wir denken, die Grimm'sche Philosophie und das Interêt personnel, vielleicht auch die neuen Gönner, die Sie zweifelsohne seit vorgestern sich erworben, werden Sie entschädigen.

Epinay. O Gott! — diese Verleumdung! —

Pompadour. Schweigen Sie, meine Liebe, und seien Sie ganz zufrieden, daß wir Sie nur mit dem Verlust unserer Gnade bestrafen. Chevalier d'Atreuilles, begleiten Sie die Dame vor die Thür. — (Epinay, überwältigt von Wuth und Schrecken, wankend am Arm des zweiten Cavaliers durch die Mitte ab.) Chevaliers, Sie sind entlassen. Ich wünsche, daß man Alles in kürzester Zeit zur Vermählung bereit halte, in vier Tagen wird die Ceremonie stattfinden, wir wollen's so! — Morgen früh erwarten wir Sie zum Vortrag hierüber. Abbé Terray, Sie werden uns sofort zu Sr. Majestät dem König begleiten. Graf du Barri, melden Sie uns ihm. — Madame de Tencin? — (Eine Dame tritt vor.) Sie übernehmen die Stelle der Marquise Epinay! — (Indem sie eine grüßende Handbewegung macht und sich Alle verbeugen, geht sie, von Terray geführt, nebst Damen, Chevaliers und Pagen links ab, alle Uebrigen, außer du Barri und Choiseul, rechts ab. Choiseul kommt nach vorn, du Barri beobachtet ihn im Hintergrunde.)

Zehnte Scene.
Choiseul, du Barri.

Choiseul (für sich). Sie hat mich nie geliebt! — Ha, ein Gamin in Lumpen mein Nebenbuhler! — — Welch' ein bodenloser Abgrund ist der Charakter dieser Frau! — Wie blendend, wie täuschend hat sie ihre Rolle gespielt, durch ein ganzes Leben! — Gigantisch feenhaft, und hat selbst des klugen Choiseul stolzes Herz betrogen! — Sie hat mich nie geliebt! — „Eitelkeit müssen Sie sich abgewöhnen, wenn Sie ein großer Mann sein wollen!" — Gut, Marquise, gut! — Choiseul ist der Sclave der Jeanette Poisson, der natürlichen Tochter des Gewürzkrämers — gewesen! Er wird die Lehre nützen, und — Dich zertreten, — Dich und ihn! — Wenn sie aber ihren Sturz nicht überlebte, wenn — — Gott weiß es, ich habe nicht den Vorsatz, sie zu tödten, — aber stürzen — muß sie, — — um jeden Preis! —

Barri (der langsam vorwärts gekommen). Sind Sie einig mit sich, Herr Herzog? —
Choiseul (ihn bei der Hand packend) Ich bin's! — (Indem er sich wendet.) Morgen mehr davon! (Will ab.)
Barri (ihn aufhaltend). Wohin so eilig?
Choiseul (starr). Zu dem Helden unseres Dramas! —
Barri (erstaunt). Sie haben ihn? — Den Narciß? —
Choiseul (lachend). Ich habe ihn!! (Rasch durch die Arkaden ab, du Barri folgt mit staunender Geberde.)

(Der Vorhang fällt rasch.)

Vierter Act.

Paris, Palais royal, Salon der Königin. Abend desselben Tages. (Sehr nobler, doch prunkloser Salon, ernst und würdevoll. Links in der Mitte eine Thür. Links und rechts ein Tisch, auf jedem ein brennender Armleuchter. Mehrere Sessel.)

Erste Scene.

(Wenn der Vorhang aufgezogen wird, sitzt die **Königin** am Tische links, neben ihr, nach der Mitte der Bühne zu, **Doris Quinault**, die aus einem Buche vorliest. Beiden gegenüber an der andern Seite des Tisches die **Marquise de Bouflers**. Am Tische rechts **Prinz Conti** und **St. Lambert** am Schachbret.)

Quinault (lesend):

„Was ich gethan, ich that's für bess're Zeiten,
„Ich leb' im Elend, aber nicht vergebens,
„Die Hoffnung möge ferner mich begleiten,
„Als Tröstung für die Leiden meines Lebens."

(Kurze Pause, Conti und Lambert verlassen das Schachbret.)

Königin. Das Gedicht ist sehr wahr und schön, liebe Quinault. Ach, seinem Autor mag es wohl manchen Trost gewährt haben, ihm, der sich an den Schöpfungen seiner

Einbildungskraft entschädigen konnte. — — — Es ist schon spät, meine Lieben; — ich besorge, wir müssen auf den Besuch verzichten, den uns Vetter Conti und Capitain St. Lambert in Aussicht gestellt haben.

Conti. Ew. Majestät, fast muß ich fürchten, wortbrüchig geworden zu sein. Ich habe zu Choiseul's Charakterfestigkeit nie Vertrauen gehabt, aber des Capitains Erzählung war Schuld.

St. Lambert. Noch gebe ich's nicht ganz verloren, Majestät, — wenigstens traue ich d'Amboise so viel Ehrenhaftigkeit zu, daß er Frankreichs Königin nicht ohne Antwort lassen wird.

Königin. Glauben Sie das nicht, Lambert! — Nachdem man mir durch mehr denn zwanzig Jahre keinerlei Entbehrung ersparte, wird man am wenigsten da Höflichkeitsrücksichten walten lassen, wo man mir den letzten tödtlichen Streich versetzt. Ich habe im Leben so viel geweint, daß diese kleine Erbärmlichkeit mir keine Thräne mehr entlockt. — Mein Entschluß steht fest! — Wenn das Ungeheure geschieht, und diese Generation nicht darob erröthet, wenn kein Cabinet Europas das Schwert für eine schutzlose Frau in die Schale der erbärmlichen Gerechtigkeit dieses Landes zu werfen wagt, — dann — (herb) dann werde ich — unterzeichnen! —

Conti (erbleichend). Majestät!! —

(Alle fahren erschrocken auf.)

Königin. Still, Vetter, ich will's! — Die wenigen Jahre, die mir der Gram noch übrig lassen mag, werde ich der Pflege meines königlichen Vaters, dem Andenken meiner Kinder widmen, die ich in dem undankbaren Frankreich lassen muß. — Vetter, veranlassen Sie alles Nöthige zur Abreise. Habe ich die Scheidungsurkunde gezeichnet, verlasse ich dieses freudenlose Land für immer.

Conti. So erlauben Sie mir, hohe königliche Frau, daß ich Sie begleiten darf. Meine Güter in der Provence und Anjou werde ich verkaufen, dies lügnerische Zeichen

(reißt das Malteserkreuz empört von der Brust) einer Größe und Ent=
sagung, die ein hohler Schall für diese Welt geworden, will
ich von mir werfen, damit die Welt sagen kann, Maria
von Frankreich habe wenigstens einen Freund gehabt! —
Bouflers. O, nehmen Sie uns mit, Majestät! —
St. Lambert. Diese letzte Gnade —
Quinault (einfallend). Und auch Ew. Majestät arme
Dienerin —
Königin. Nicht doch, meine Kinder, nicht also. —
Sie thun Unrecht, Prinz, auf die Würde zu verzichten, die
Ihnen ein Land gegeben, das selbst im Falle noch groß ist.
Der Ehrenschmuck, den Sie von Ihrer Brust reißen, ist das
heilige Zeichen unserer Erlösung, der Erlösung zu jenem
fernen Gosen des Friedens, der Liebe, ist die Oriflamme
der Befreiung unserer Seele von der Kleinheit dieses armen
Daseins!
Conti (entschlossen). Ew. Majestät werden mich nicht
zwingen wollen, daß ich selbst gegen Ihren Befehl Ihnen
folge!
Bouflers. O, erlauben Sie es uns!
Königin (reicht Conti und der Marquise die Hand zum Kuß). Ich
danke Euch, lieber Vetter, und Ihnen, meine treue Bouflers,
Wenn Ihr's denn wollt — sei es so, — aber keinesfalls
werde ich zugeben, daß St. Lambert, am wenigsten, daß
mich die arme kleine Quinault begleite. (St. Lambert und Qui=
nault sind herangetreten, Letztere sinkt ihr zu Füßen und bedeckt ihre Hand mit
Küssen.) Lieber Lambert, Sie sind mittellos, der Degen ist
Ihr Gewerbe, und es ist ein edles. Dienen Sie Frank=
reich ferner, bewahren Sie Ihre Kraft meinem königlichen
Sohne, dem Dauphin, damit es ihm gelingen möge, die
Lilien aus dem Staube zu erheben. (Legt die Hand auf Quinault's
Haupt.) Sie, ma mignonne, müssen Ihrem Berufe folgen.
Sie sind jung, schön, voll Talent, geachtet und geliebt von
Jedermann; verlassen Sie den ehrenvollen Pfad des Ruhmes
nicht, liebes, theures Mädchen, (küßt sie bewegt auf die Stirn)
und wenn Sie unglückliche Königinnen, gekränkte Frauen

und Mütter, beklagenswerthe Töchter darzustellen haben, werden Sie um — das Vorbild nicht verlegen sein. (Sie preßt die Hand an die Stirn, dann steht sie auf. Quinault erhebt sich, die Uebrigen treten zurück.) — Lebt wohl für heute, Kinder! — (matt) Kommen Sie in mein Cabinet, liebe Bouflers. — (Sie wendet sich zum Gehen. Conti, Lambert und Quinault verbeugen sich.)

Zweite Scene.

Vorige. **Diener** (durch die Mitte, bringt auf einem silbernen Teller einen Brief).

Königin (innehaltend). Was bringen Sie, mein Freund? — **Diener.** Majestät, ein Fremder hat diesen Brief an den Herrn Chevalier von St. Lambert übergeben, er wartet im Vorzimmer.
Königin. Ha!
Conti. Wißt Ihr, wer es ist?
Diener. Nein, königliche Hoheit. Der Mantel bedeckt sein Gesicht. (Präsentirt Lambert den Brief.)
St. Lambert (ihn erbrechend, rasch). Er ist's! Er ist da! (Giebt den Brief an Conti.)
Königin. Mein Gott, es wäre noch Hoffnung? — (Sie hält sich bewegt am Tische fest, setzt sich nieder.)
Conti (der einen Blick in den Brief geworfen). Fassen Sie sich, Majestät, er ist es. — In diesem Augenblick wendet sich vielleicht Frankreichs thränenvolles Geschick.
Königin. Ich bin ruhig. (Zum Diener.) Lassen Sie den Fremden ein. (Diener ab durch die Mitte.)

Dritte Scene.

Vorige. **Choiseul** (tritt hastig durch die Mitte ein, sieht plötzlich die Königin und sinkt ihr lautlos zu Füßen. Pause).

Königin (bewegt). Sie haben also doch Wort gehalten, Herr Herzog? — Das überrascht mich. Ich war auf Ihren Besuch nicht mehr vorbereitet. — Daß Sie eine Unglückliche wenigstens in ihrer letzten Hoffnung nicht betrogen haben, verdient meinen Dank. Stehen Sie auf.

Choiseul. O, laſſen Sie mich knieen, knieen vor der thränengeborenen Frau, die in dem Namen Choiſeul alle Kränkung, allen Jammer ihres erhabenen Herzens zuſammenfaßt. Ich bin zu Ew. Majeſtät gekommen, ein Reuiger, der die unheilvolle Verkehrtheit ſeiner Laufbahn durch raſtloſe Hingebung und Treue für die Sache ſeiner Fürſtin zu tilgen lechzt und den Frieden ſeiner Seele wiederfinden möchte.

Königin. Sie ſetzen mich wahrhaft in Erſtaunen! — Nun, eine Reue wie die Ihrige kann nicht erheuchelt ſein; — was nützte Ihnen auch der Trug bei einer Frau, die der Täuſchung ſo gewöhnt iſt. — Seien Sie herzlich willkommen! (Choiſeul ſteht auf.) — Was habe ich zu hoffen?

Choiseul. Alles, Majeſtät! Alles! Choiſeul hätte nie gewagt, die Schwelle des Palais royal zu betreten, wenn er nicht ein Unterpfand brächte für die Aechtheit ſeiner Geſinnung.

Königin. Wär's möglich, Choiſeul?!

Choiseul. Ja, Majeſtät. — Dieſe Ceremonie wird nie von Statten gehn, die Marquiſe de Pompadour verläßt den Hof für immer, und Maria wird wieder die Gattin Ludwig's von Frankreich ſein!

Königin (entzückt). Vetter! Meine Kinder! — Das iſt zu viel des Glücks, zu viel! (Alle außer Conti ſind in freudigem Erſtaunen zu ihr getreten, ſie reicht Choiſeul die Hand.) Tauſend Dank, Herr Herzog!

Choiseul. O, Majeſtät, Sie lohnen vor der That! (Küßt ihre Hand.)

Bouflers (mißtrauiſch). Täuſchen Sie uns auch nicht, Herr Miniſter? —

Conti (ebenſo). Und wie wäre das möglich! —

Choiseul. Fragen Sie nicht, Prinz, es iſt ſo, wie ich ſage. Alles iſt ein Geheimniß, ein gefährliches Geheimniß. Der König ſelbſt wünſcht dieſe Verbindung nicht, er war bisher nur zu ſchwach, zu ſehr umgeben von den Freunden dieser Frau, um offen seine Willensmeinung zu vollstrecken, — aber die Pompadour wird fallen, Majestät, oder Sie sollen Choiseul=d'Amboise nicht wiedersehn! — Wenn ich nun aber handeln soll, muß ich wenigstens die Ueberzeugung haben, daß Sie ein wenig — Vertrauen in meine Maß= nahmen setzen, Majestät. —

Königin. Ich vertraue Ihnen. Sie jetzt zu bearg= wöhnen, wo Sie vielleicht Ihr Leben in die Schanze schlagen, wäre mir eine ewige Schmach.

Choiseul. Majestät, die That soll mein Dank sein. — Ich werde vorerst den Hof zu Versailles von jenen Er= bärmlichen säubern, die die Athmosphäre des Königs ver= giftet haben. — Seine königliche Hoheit der Herr Prinz von Conti wird vielleicht morgen die Gnade haben, mit mir die nächsten nöthigen Verabredungen treffen zu wollen.

Conti. Sehr gern, Herr Herzog.

Choiseul. Vor allen Dingen, Ew. Majestät, muß ich mich aber der Hülfe der Mademoiselle Quinault und eines Mannes, Namens Narciß Rameau, versichern, dessen Aufent= halt die Dame allein weiß. Beide sind mir zum Sturze der Marquise unerläßlich. —

Königin. Sie setzen mich in Erstaunen, Herzog! Also er steht doch mit dem Schicksal dieser ehrgeizigen Frau in Verbindung? —

Quinault (für sich). O, ich hab's geahnt! — —

Choiseul. Er gleicht ihrem ersten Manne, d'Etioles, wie ein Tropfen Wasser dem andern. Sein unvermutheter Anblick erschütterte sie auf dem Boulevard du Temple, sein Anblick vor dem versammelten Hofe wird sie beschämen und in dem stolzen Augenblick an den Pranger stellen, wo sie ihre Vergangenheit ehrlich zu machen hofft. — Sie wird den Hof für immer verlassen. Ich stehe dafür ein. —

Königin. Herzog, Herzog, welch' lustige Brücke bauen Sie auf die gekränkte Ehre einer — solchen Frau! —

Choiseul. Auf ihre Ehre nicht, auf ihre zum Tode verwundete Eitelkeit, auf den öffentlichen Eclat habe ich

gebaut. Majestät, bin ich der Hülfe dieser beiden Personen
versichert, so schwöre ich bei dem Allmächtigen, daß sie den
Hof verlassen soll! —

Quinault. Dann wird die gerechte Sache unserer er=
habenen Dulderin siegen! (Tritt zu Choiseul.) Ich begebe mich
in Ihre Gewalt, Herzog — blindlings! Befehlen Sie,
was geschehen soll, und Sie werden Doris Quinault selbst
vor dem Tode nicht erbeben sehen.

Königin. Nein, Herzog, das dulde ich nicht! Dieses
arme Mädchen, die der unglücklichen Maria Freundin in
Noth und Trübsal war, darf nicht gefährdet werden.

Choiseul. Niemand soll sie kränken, Nichts soll sie be=
drohen, so lange Choiseul athmet. Wir Alle werden in
der verhängnißvollen Stunde um sie sein und an jenem
Tage wird der Capitain St. Lambert die Schloßwache in
Versailles kommandiren.

Königin. Dann bin ich beruhigt.

Choiseul (zu Quinault). Darf ich Sie, mein Fräulein,
in zwei Stunden mit diesem Narciß in Ihrer Wohnung
sprechen? —

Quinault. Wenn Ihre Majestät mich beurlauben? —

(Zur Königin herantretend, welche ihr beide Hände entgegenstreckt, sie an sich
zieht und der Niederknieenden die Stirn küßt.)

Königin. Gehen Sie mit Gott, mein liebes hochherziges
Kind. Er sei mit Ihnen! — Ueberlegen Sie Alles wohl,
Chevaliers, damit kein neuer Schritt neues Unheil über
Frankreich bringe. (Sie erhebt sich und geht grüßend mit Bouflers
links ab, die Uebrigen verbeugen sich. Quinault geht, sich gegen Choiseul ver=
beugend, durch die Mitte ab. Choiseul, Conti und St. Lambert kommen dann
vorwärts.)

Conti. Wann kann ich Sie morgen erwarten, Herr
Herzog? —

Choiseul. Um die Dämmerung, Hoheit, es ist sicherer.
Herr von St. Lambert hat die Gefälligkeit, zugegen zu sein.

St. Lambert (verbeugt sich).

Conti. Das ist gut! — Sie haben Ihre Majestät die

Königin lange nicht gesehen, Herr Herzog, — sie hat sich sehr verändert.

Choiseul. Ja wohl, mein Prinz, — sie ist die Niobe Frankreichs geworden.

Conti (finster). Frankreichs Niobe! — (Geht grüßend links mit Lambert ab, Choiseul verbeugt sich.)

Choiseul (fährt mit der Hand über die Stirn, tief aufathmend). Nun ist's entschieden! (Langsam ab durch die Mitte.)

Verwandlung.

Wohnung der Quinault (denselben Abend, später). Dekoration und scenische Einrichtung genau wie im zweiten Act, matte Beleuchtung, ein Licht brennt auf dem Tische.

Vierte Scene.

Narciß (langsam von links).

Narciß. Diese grauenerregende Langeweile! — Schon zwei Tage sitze ich hier im Käfig, und weiß nicht, was ich mit mir anfangen soll. — Wenn sie wenigstens zu Hause wäre, daß man plaudern könnte, — aber so sitzt sie den ganzen Tag bei der Königin. Wahrscheinlich hecken sie die große That aus, die ich begehen soll. — Das, scheint mir, ist auch die alte Fabel von dem Affen und den Kastanien, — ich bin nur neugierig, wie weit ich mir die Pfoten verbrennen werde. — Ich soll, sagt sie, eine große That, etwas Edles thun, — sie will mich zu einem ordentlichen Menschen machen, — hm! — Giebt's denn eble Thaten, wahrhaft eble? — Es muß doch! Ich spür's an der Lust, die mich manchmal anwandelt, gut zu sein. — (Geht auf und ab.) Ich weiß gar nicht, mir ist heute ganz eigen hier herum! (Faßt sich an's Herz.) So weinerlich, so kläglich. — Mir ist, als sollte ich fort, und müßte von so Vielen Abschied nehmen. — Sollt's schon mit mir zu Ende gehn? — Nein! Ein Etwas sagt mir, ich werde sie finden, werde

Jeanetten, eh' ich sterbe, noch wiedersehn. — (Er wirft sich in den Sessel, längere Pause.) Einbildungen sind doch ein prächtiges Ding, wenn man das Talent hat, zu jeder Zeit welche haben zu können. Wenn die nicht wären, ich wäre längst todt. Wie hätt' ich's nur die zwei Tage aushalten sollen; — aber nun machts sich's. (Imaginirend.) Das ist meine Wohnung, — ich zahle 300 Francs dafür. Na, meine Frau hat ja geerbt, und nun können wir uns pflegen. (Er sieht nach dem Kamin hin in's Leere.) O, ich sehe sie, — sie macht ein Spitzenhäubchen zurecht, sie will es aufsetzen, wenn wir morgen in den Champs élysées spazieren gehn. Ich gehe mit ihr Arm in Arm zum Thor hinaus. Alles sieht uns an, die vornehmen Laffen lorgnettiren, coquettiren, aber meine Frau achtet nicht darauf. Hei, da ist Musik, komm, laß uns tanzen, Schatz! Lalala, trallala! — (Tanzt umher und sieht plötzlich den Chinesen und fährt auf.) Teufel, der Pagode! — Stiert mich der Kerl mit seinem langweiligen Gesicht an und die Illusion ist weg; — so geht's aber immer, sie hält nie Stich. — (springt auf.) Bei des Satans Klauen, ich halt' es nicht mehr aus! — — (Thut einige Schritte.) Aber sie hat mir versprochen, dieser Zustand soll heute Abend ein Ende nehmen, so oder so! — Ich will noch warten, denn ich hab' ihr mein Wort gegeben. (Er setzt sich. Kurze Pause.) Es wird recht hübsch sein, wenn sie mich be=
graben. — Sechs Kerle tragen mich hinaus im Fuhrmanns=
schritt. Hihi, und den Branntwein, den die Todtengräber trinken werden, wenn sie mich in das Loch thun; — aber es ist doch traurig, recht traurig. Ich weiß wohl Einen, der an meinem Grabe recht weinen würde, wenn er's könnte, und das bin ich selber. (Er springt auf, wischt sich die Stirn.) Pah! Wir sind doch eigentlich eine abgelebte Species; der Puls des Menschengeschlechts geht langsam, (sieht den Chinesen) lauter Pagoden auf dem Nipptisch unseres Herrgotts! (Tritt zur Figur.) Komm herab, Bursche, und laß Dich besehen! (Er hebt die Figur vom Sims, setzt sie links auf den Tisch und stellt sich vor sie hin.) Du siehst dick genug aus für einen Crösus dieser Welt. — Giebt es

eine Entwicklung des Menschengeschlechts? — ja? (Er stößt an die Figur, sie [nickt mit dem Kopfe.) O ja! Natürlich, er weiß es, er ist gelehrt und reich dazu; ein Mitglied der Académie française vielleicht? — ja? — (Stößt wieder an die Figur.) Richtig, dacht' ich's doch gleich! — Sagen Sie mir, Herr Professor, giebt es eine Vorsehung, ein großes Urbild unseres Selbst, das uns geschaffen, giebt es ein Land der Verheißung und des Friedens, das die vereint, die hienieden getrennt waren? Giebt es das? (Stößt an die Figur.) — O ja! natürlich! — — Aber verzeihen Sie nur, der Weiseste, Frömmste kann sich der Zweifel nicht immer erwehren, besonders wenn er nichts zu essen hat. Es wäre doch möglich, es gäbe nichts von dem Allen, der Weltbau wäre nur ein Conglomerat bewegter Materie und der Magnetismus die persona agens, die an den Stoff gebunden ist! Habe ich nicht recht? — (Stößt an die Figur.) Hahahaha, das ist dein Wissen, das dein Charakter! Verfluchtes Geschlecht! (Er wirft mit einem Faust= schlage die Figur zu Boden, daß sie zerschellt.) Geh' in Scherben! — — — (Wirft sich in den Sessel und stützt den Kopf in die Hand, dann richtet er sich langsam auf, schmerzlich.) O, giebt es ein bejammernswertheres Geschöpf als den Menschen? — ein Wurm mit Seraphs= schwingen, der zum Drachen wird, um sich von seiner eigenen Brut zu mästen! — — — (Geht langsam an's Fenster und öffnet es, das Licht ist im Verlöschen.) Ihr ewigen Lichter da droben, ihr strahlenden Augen, die mir schwermüthig in's gebrochene Herz schauen, seid ihr auch bevölkert mit Kindern des Grams, wie dieser taumelnde Ball? — Ihr seid wie Brüder da droben, einig in Liebe zieht ihr harmonisch um eure Sonnenmutter, ein Volk von stillen heiteren Gesellen, ein ewig süßes Bild, ein Ideal, ein unerreichbares! — (Glühend.) O Sehnsucht, Sehnsucht, du hältst das Weltall zusammen, du bist doch das Beste am Leben. Ach, wer keine Sehn- sucht mehr fühlt, ist werth zu sterben, zu faulen! O mein Gott, erhalte mir die Sehnsucht! — — (Versinkt in Nachdenken.)

Fünfte Scene.

Narciß. Doris Quinault (durch die rechte Mittelthür, ihr folgt **Colette** mit brennendem Armleuchter. Volle Beleuchtung).

Quinault. Guten Abend, lieber Narciß! (Narciß fährt zusammen). — Sie haben recht lange auf mich warten müssen. (Indem sie sich wendet.) O, Sie haben mir meinen Pagoden zertrümmert! —

Narciß. Ich habe aus Langerweile Vorsehung gespielt. Beruhigen Sie sich, Doris, es giebt in der Welt so viele Pagoden, daß es keine Rarität mehr ist, einen unter den Nippsachen zu haben. — Sie scheinen auch nicht sehr heiter zu sein, Sie waren bei der Königin und bringen wahrscheinlich das versprochene Resultat?

Quinault. Ich bringe es, Narciß. (Zu Coletten, die den Leuchter auf den Tisch gestellt.) Nimm die Scherben fort, Colette, und laß uns allein.

Narciß (während Colette die Scherben in die Schürze rafft). Scherben und Kehricht, und der jüngste Tag! — (Colette durch die linke Mittelthür ab.)

Quinault. Was meinen Sie damit?

Narciß. Den jüngsten Tag, wo alle Pagoden zusammengeleimt werden. Es wird eine defecte, aber recht ehrbare Versammlung geben.

Quinault. Ich verstehe Sie nicht, lieber Narciß, nur fühle ich, wie düster es in Ihrer Seele aussieht. (Sich umsehend.) Wir sind allein, Rameau, ich erwarte jeden Augenblick den Herzog Choiseul, er wird hierher kommen.

Narciß. Choiseul?! Was, der Feind der Königin, der Vertraute der Pompadour? —

Quinault. Er ist es nicht mehr. Er hat die Sache seiner unglücklichen Königin ergriffen, denn der Augenblick ist gekommen, um ihr zu ihrem Rechte zu verhelfen!

Narciß. Du fabelst, Mädchen! —

Quinault. Sie werden es selbst sehen, Narciß. Die Marquise de Pompadour wird vom Hofe entfernt und

Maria Lescinska wieder Königin von Frankreich werden. Alles ist vorbereitet, es wird, es muß gelingen, uns fehlt nur der Beistand, die treue Hingebung, die stolze Todes= verachtung eines Mannes! —

Narciß. Was Teufel, und wer ist's denn?

Quinault. Es ist ein Mann von großem, edlem Ge= müth, von trefflichen Talenten, werth, daß man ihn mit Achtung nenne in der Welt; er ist unglücklich, verachtet, aber im Unglück bei der Verachtung der Welt groß, — es ist Narciß Rameau! —

Narciß. Mädchen, bist Du rasend, bist Du toll?? — Treibe keinen Spott mit mir! — Ich bin nicht dumm ge= nug, zu glauben, was Du sagst, nicht Narr genug, mir einzubilden, daß ich der Königin einen solchen Dienst zu thun vermöchte!

Quinault. Du bist's! Du wirst es thun! Das ist die That, die ich Dir aufgespart habe, für die ich Ehre und Leben wagen möchte, wenn Du sie thust! —

Narciß. Aber mir wirbelt das Hirn! Das ist phan= tastisch, rein lächerlich! Ich, ich Rameau, der Winzige, Verlachte, soll dieses Riesenweib vom Platze stoßen, vor der die halbe Welt sich beugt?! — Der Plan ist erzdumm, ich tauge nicht dazu. —

Quinault. Hören Sie mich, Narciß, und Sie werden Selbstvertrauen gewinnen. — Ehe die Marquise de Pompa= dour an den Hof kam, hatte sie einen Mann, den Finanz= pächter d'Etioles. —

Narciß. Ah, richtig! Ich erinnere mich, Sie fragten mich auch einmal nach ihm!

Quinault. Diesem Manne, den sie gewissenlos ver= ließ, obgleich er mit heißester Liebe an ihr hing, der vor Gram über ihre Untreue gestorben, diesem Manne gleichen Sie Zoll für Zoll!

Narciß. Das ist aber sonderbar! —

Quinault. Als Sie an jenem Tage auf dem Boule= vard du Temple waren, sah Sie die Marquise, die eben vorüber fuhr. Sie that einen Schrei: „Narciß" und brach ohnmächtig zusammen, — sie wurde todtkrank nach Versailles gebracht. — Begreifen Sie nun, warum die Epinay Sie fragte, warum ich Sie von Holbach entführte?

Narciß. Recht, recht! Aber sie nannte doch meinen Namen zum Henker?! —

Quinault. So sonderbar uns Allen dies scheinen mag, so kann man doch nur annehmen, daß auch d'Etioles Narciß geheißen habe, denn es steht fest, daß Sie ihm täuschend ähnlich sehen. Der Mann selbst ist todt, also kann Ihr Anblick sie allein erschüttert haben.

Narciß. Das ist wahr. (Kurze Pause.) Anders kann's nicht sein!

Quinault (rasch fortfahrend). Die Marquise de Pompadour ist, wie Sie wissen, seit lange kränklich, und da sie das Ende ihres Lebens nahen fühlt, will sie es nicht beschließen, ohne das Ziel ihres Ehrgeizes erreicht zu haben. Sie wird in diesen Tagen dem König angetraut und die Königin von ihm durch einen unerhörten Act des Zwanges geschieden werden. Doch nein, das soll nicht geschehen! Du, Du wirst das entehrte königliche Weib, die entweihte Fürstin und Mutter retten, bewahren vor Wahnsinn und Verzweiflung! Du wirst dieses gewissenlose Weib, die ihren armen Mann verließ, wie Jeanette Dich, — Du wirst sie durch Deinen Anblick, Deine Gegenwart zermalmen, wirst ihre bübische Vergangenheit vor dem gesammten Hofe, ein Racheengel, ihr vor die Füße werfen und alle Thränen unserer armen Königin, unseres gesunkenen Vaterlandes werden von Dir, durch eines Bettlers Hand getrocknet sein!! — (Breitet die Hände aus.) Narciß, kein Preis ist groß genug, um Dir diese That zu belohnen!! —

Narciß. Welche Umwandlung geht mit mir vor? — Wie zu Bergeshöh' bin ich gehoben und schau' die Welt in einer neuen Sonne, an einem neuen Tage! (Hervorbrechend.) Ja, diese That ist göttlich schön, — so schön, daß ich sie mir selbst kaum gönne! — Narciß, du hast Jahre lang gelebt in Elend und Schande, man hat dich gestoßen wie einen Hund von Thür zu Thür, und wenn der Wahnsinn aus dir grinste, haben sie gelacht, und dich geneckt, wie den Affen hinter dem Gatter. Da hast du nicht gedacht, armer verkommener Kerl, daß einst Frankreichs Loos von deinem Ja und Nein abhängen werde! — Ja, ich werd' es thun, Doris! — Und hier an dieser Stelle will ich beten, beten zum ersten Mal zu dem unerklärlichen großen Etwas, das die Welten zusammenhält, — denn ich erkenne: es giebt eine Gerechtigkeit über Sternen, die auch den erbärmlichsten Wurm zu Ehren bringt! —

(Er kniet am offenen Fenster nieder und betet. Kurze Pause.)

Sechste Scene.

Vorige. Colette (durch die rechte Mittelthür).

Colette. Der Herr Herzog von Choiseul!

(Quinault winkt ihr, sich still zu verhalten, und deutet auf Narciß. Kurze Pause, Narciß erhebt sich, Quinault winkt Coletten, den Herzog einzulassen, Colette ab.)

Narciß. Ich danke Dir, Du liebes Mädchen, Deine Bemühungen, mich zu erheben, sind nicht nutzlos gewesen.

Siebente Scene.

Vorige. Choiseul (im Mantel, tritt durch die rechte Mittelthür ein. Narciß und Quinault verbeugen sich).

Choiseul (der Narciß einen Moment spöttisch betrachtet, den Mantel und Hut ablegend). Mademoiselle, das ist vermuthlich Herr Narciß Rameau? —

Quinault. Ja Excellenz. (Zu Narciß.) Der Herr Herzog von Choiseul.

Narciß. Meine Reverenz! (Verbeugt sich.)

Choiseul (reicht ihm die Hand). Ich freue mich, einen Mann kennen zu lernen, der mir schon längst als witziger Kopf der Residenz bekannt ist.

Narciß (pikant, doch harmlos). Bitte! Wenn ich wirklich witzig bin, so ist's, weil ich arm bin; die Noth stärkt die Empfindungsgabe. Wäre ich reich, vielleicht wär's aus mit meinem Witze.

Choiseul. Ah, Sie geben mir gleich eine scharfe Probe Ihrer Fähigkeiten. Es giebt aber Ausnahmen von Ihrer Regel, Sie dürfen eine solche bald kennen lernen. — (Zu Quinault.) Da eben von Probe die Rede ist, — haben Sie den Herrn vorbereitet? Weiß er, um was es sich handelt? —

Quinault. Er weiß Alles, Excellenz, und ist zu Allem bereit.

Choiseul. Sehr schön, sehr edel!

Narciß. Eine Frage nur, Excellenz. Wie nannte sich der erste Mann der Marquise de Pompadour? —

Choiseul (stutzig). Wie so? (Lächelnd.) Ach ja, er nannte sich Narciß François d'Etioles und war Finanzpächter.

Narciß. Dann ist es richtig.

Choiseul. Nun, da Sie in Alles, wie ich bemerke, eingeweiht sind, mein Lieber, so wollen wir über den Plan sprechen, den ich entworfen habe. (Setzt sich.) Ich habe eine Tragödie, das Erstlingswerk eines jungen Dichters mit= gebracht, (zieht einige Blätter Papier hervor) von der wir den ersten Act übermorgen in Versailles darstellen werden; ich denke, er wird seine Wirkung thun. Die Tragödie heißt: „Athalia, Königin von Juda." Sie, Mademoiselle, spielen die Athalia, eine Fürstin, die sich durch Ehebruch auf den Thron schwang. In entscheidender Stunde tritt ihr erster Mann, Samuel, — Sie, Herr Rameau, — vor sie hin und wirft ihr ihre Verbrechen vor. Das wird genügen.

Quinault. Die Begebenheit ist treffend, es muß ge= lingen!

Narciß. Und ich will den Samuel spielen, daß Athalia wohl erbleichen soll!

Choiseul. Hier sind die Rollen, lassen Sie uns die Scene durchgehen. (Quinault und Narciß nehmen die Rollen und treten vis-à-vis Choiseul.)

Quinault (aus der Rolle recitirend).

„Die Nacht bricht an. Auch meine Lebenssonne
„Neigt trübe sich dem Grab im West entgegen, —
„Und diesem Dunkel, das mich rings umgähnet,
„Entschlüpft ein Heer gespenstischer Gesellen,
„Die, mit gebrochnem Herzen, starren Auges
„Die Schmach und Schande schwatzhaft mir erzählen,
„Die sie durch mich im Leben einst erbuldet! —
„Weh! Und noch Einer kommt heran so bleich!
„Weh mir! Mein erster Gatte — — — — —

Narciß (hervortretend, recitirt aus der Rolle).

„Ja, sieh her!
„Ich bin's, den Du verachtet und verstoßen!
„Ich reiße Dir Dein gleißend Diadem,
„Das Du aus meinen Thränen Dir gewoben,
„Herab, damit die ganze Welt Dich kenne
„Und Deinen Namen mit Verachtung nenne!
„Verdammt vor Gott, verdammt an Seel' und Leib,
„Durch Buhlsucht Fürstin, eines Bettlers Weib!"

(Er wirft in Extase die Rolle von sich.)

Ja, das bist Du, Elende, die mit dem Purpur das Entsetzen umsonst bedeckt, das sie bei meinem Anschauen empfindet! Zerfalle, vergehe, du Staub zum Staube!!! —
(Hält erschöpft inne.)

Choiseul (aufspringend, mit Beifallklatschen einfallend.) Bravo, vortrefflich, Narciß! — Zerfalle, vergehe, du Staub zum Staube! Hahahaha!!

(Indem fällt der Vorhang rasch.)

Fünfter Act.

Versailles (zwei Tage später. Abend).
Salon der Marquise de Pompadour.

(Sceneneinrichtung und Dekoration wie im dritten Act. Die Arkaden sind nun aber durch Vorhänge geschlossen, und die Scene durch Girandolen und Candelabers brillant erleuchtet. Außer dem Sessel der Pompadour und einer Ottomane rechts im Hintergrunde ist die Bühne ohne alles Mobiliar.)

Erste Scene.
Choiseul und du Barri (im Gespräch).

Barri. Aber ich bin noch immer nicht durch Ihre Gründe beruhigt. Sie sagen allerdings, der Kommandirende der Palastwache sei zuverlässig, die Wirkung des Zusammentreffens auf die Marquise unausbleiblich, — ganz gut, — wenn es aber doch mißlänge? —

Choiseul (verächtlich). Beruhigen Sie sich nur, Kammerherr. Wenn Sie Choiseul werden erbleichen sehen, dann erst mögen Sie das Spiel verloren geben. Ich habe die That unternommen, also überlassen Sie mir den Ausgang. Und gesetzt, es mißlänge, wer wird der Gefährdete sein?

— Nur ich. Dem kleinen du Barri traut man derlei Dinge nicht zu. Begeben Sie sich nun zu dem Hofstaat in die Antichambres, ich habe noch nicht Alles beendigt und Sie stören mich.

Barri. Nun denn, da Sie so sicher sind, viel Glück. Vergessen Sie unser Uebereinkommen nicht. (Rechts ab.)

Choiseul. Geh' nur mein Mäuschen, geh' in die Falle! (Vor sich hinstarrend.) Sie bleibt doch ein gigantischer Charakter! — Fast reut mich's. — Ihr Fall wird Aufsehen durch Europa machen. O, und wie habe ich dieses Weib geliebt! — Diesen Narciß! (Auffahrend.) Der Gedanke macht mich zu Eis! (Er öffnet ein wenig den Vorhang der Arkaden und giebt ein Zeichen.)

Zweite Scene.
Choiseul. Doris Quinault. (durch die Mitte).

Quinault. Sie haben befohlen, Excellenz! — (Pause.)

Choiseul. Der Augenblick ist da, mein Fräulein. Zeigen Sie nun, was Sie für Ihre Königin zu thun vermögen. Fassen Sie Muth und wir werden siegen.

Quinault. Excellenz, den habe ich, obwohl mir das Herz schlägt.

Choiseul. Das Unternehmen ist groß und schwer. Wir haben zwar eine kranke Löwin zum Ziele unsrer Jagd, aber es ist immer eine Löwin. Bieten Sie Ihre ganze Kunst auf, um den Verdacht zu meiden, daß Sie wüßten, warum Sie spielen. Sie sind übrigens von Fremden umgeben, also seien Sie kaltblütig. Eine Ungeschicklichkeit, und Maria von Frankreich ist verloren.

Quinault. Das fühle ich, Herr Herzog!

Choiseul. Bedenken Sie ferner, daß wir, wenn die Marquise erst den Narciß Rameau gesehen, unsres Sieges sicher sind.

Quinault. Und wie können Sie das mit solcher Bestimmtheit sagen, Excellenz? — Wer will bei der Marquise mit Gewißheit vorhersagen, was sie erschüttern wird?

Choiseul. Ich kann es, den ich weiß, daß sie's nicht ertragen kann, den Mann in Lumpen als ihren Ankläger vor sich zu sehen, den sie einst geliebt und verlassen, dessen Andenken sie aber begleitet hat durch's ganze Leben; das muß sie niederschmettern!

Quinault (sieht ihn erschrocken an, dann verständigend). Den Finanzpächter b'Etioles meinen Sie? —

Choiseul. Den Narciß Rameau meine ich.

Quinault (starr). Um des Himmels Erbarmen, was sagen Sie? —

Choiseul. Ja, ich bin sicher meines Sieges, denn Jeanette Poisson wird ihre Schande gestehen müssen beim jähen Anblick ihres ersten Gatten!

Quinault (entsetzt). Die Pompadour ist das Weib des Narciß?.!

Choiseul. Nicht so laut, Mädchen, — sie ist es!

Quinault (jammernd). O mein ewiger Schöpfer, was hab' ich gethan! — Ich Meineidige, ich Unselige! (Flehend.) Ersparen Sie dieses entsetzliche Wiedersehen dem armen schuldlosen Mädchen!

Choiseul (erstaunt und zugleich ängstlich). Mädchen, das ist zu spät, sie muß fallen! — Bedenke die Königin!

Quinault. Die Königin?! — (Gebrochen.) O, ich werde — spielen! (Geht durch die Mitte ab.)

Dritte Scene.

Choiseul. Stimme von außen.

Choiseul (rasch nach der Thür links eilend, öffnet sie und spricht hinaus). Gardist, war Jemand in dieser Gallerie?

Stimme von außen. Niemand!

Choiseul. Zieh' Dich zurück in den Seitengang! (Er schließt die Thür und eilt zum Eingang, rechts den er öffnet.) Kam Niemand zu Dir, Posten?

Stimme von außen. Keine Seele!

Choiseul. Deine Wache ist zu Ende, geh' in die Arkaden zu den Kameraden. (Schließt die Thür.) Ha, Gott sei gelobt, Keiner hat gehört! — (Bleibt sinnend stehen, Pause.) Ja, es ist so! Das Mädchen muß diesen Mann lieben. Mit solcher Todesangst konnte nur die Liebe sprechen! — Dieser Bettler! — Geliebt von zwei Frauen, gleich groß in ihrer Art, gleich schön und beneidet, — beide getragen von dem Staunen der Mitwelt, und Du, Choiseul, auf Deiner einsamen Höhe, was hast Du? (Neidisch.) Ha, wenn dieser Mensch stirbt, kann er mit bleicher Lippe noch den d'Amboise höhnen, der Bettler den Lenker Frankreichs! — (Versinkt in Nachdenken.)

Vierte Scene.

Vorige. Marquise de Pompadour und drei Hofdamen
(von links).

Pompadour (Choiseul eine Weile betrachtend, dann). So in Gedanken, Herzog?

Choiseul (prallt erbleichend zurück). Ha! —

Pompadour. Und so außer Fassung, so erschrocken bei meinem Anblick?

Choiseul. Hohe Frau, ich hatte eben die letzten Vorkehrungen zur Probe beendet, und ging noch einmal die Scenerie in Gedanken durch. Zu dem kommt noch, daß mich ein Unwohlsein der Quinault für das Gelingen des Ganzen besorgt machte. (Lächelnd.) Ueberhaupt sind die Künstler bald außer Fassung gebracht, wenn man ihnen hinter die Gardine sieht.

Pompadour. Ah, ein Stich für mich. Ich hätte mich anmelden sollen. Nun, nun, haben Sie keine Sorge, ich bin wie es scheint, zu spät gekommen, um etwas zu belauschen!

Choiseul (für sich). Dank sei es meinem Glücke! —

Pompadour. Die Quinault ist also unwohl? — Sagen Sie ihr: ich erwarte, daß sie sich zusammennimmt, —

übermorgen hat sie Zeit, um auszuruhen. (Sie tritt auf einmal zu Choiseul heran, sieht ihn fragend an und winkt den Hofdamen, da er ihr etwas verwirrt ausweicht, sich zu entfernen. Damen links ab.) Sie sehen heut' entsetzlich bleich aus, Herzog, und haben ein eigenthümliches Benehmen. Das bin ich sonst nicht an Ihnen gewöhnt, und gilt mir am Vorabend meines Triumphes fast für ein schlechtes Omen. —

Choiseul (sich bezwingend). Ich will es nur gestehn, ich hatte Vormittag wieder einen heftigen Nervenanfall, der soeben wiederkehrte. Ich hoffte, es würde nicht bemerkt werden. Um so mehr bin ich beglückt, bei Ihnen, hohe Frau, eine Elasticität und Frische zu finden, die mich wahrhaft mit Erstaunen erfüllt.

Pompadour. Und das sagen Sie mir mit einer Todtengräbermiene, als ob es Ihnen leid thäte? (Schlägt ihn mit dem Fächer.) Ei ei! Man muß einem alten Freunde wie Ihnen viel zu Gute halten. — Aufrichtig gesagt, fühle ich mich heut' merkwürdig wohl, obgleich ich dem doch nicht so recht traue. Aber das Gefühl, meine Gegnerin für immer vernichtet, das strahlende Ziel meines Lebens erreicht zu haben, lächelnd von unerklimmbarer Höh' auf das neidische Gezücht um mich herabzusehen, hat meinen Geist, meinen Körper so dithyrambisch aufgeregt, daß ich in Wahrheit glaube, ich lebe nun noch lange. Ich werde den Ehering am Finger tragen, und aller Schmerz, alle Schande wird verlöscht sein. (Ihm näher tretend, leise, entzückt.) Und habe ich sie getilgt, bin ich rein geworden vor mir selber und der Welt, dann will ich den theuren Verlassenen sehn — wiedersehn, und alle Thränen trocknen, die er um mich geweint! — Staunen Sie nur, wie verändert ich bin, Choiseul! Ich habe heut' Morgen den Spiegel gefragt, und er meinte, daß ich noch nicht alle Reize verloren, daß die Begeisterung und das Gefühl des Sieges auch den Marmor beleben und ihm die Innigkeit der Jugend leihen können!

Choiseul. Und in der That, hohe Frau, ich wünsche es von Herzen.

Pompadour. Nun, ist das Schauspiel bereit, kann man beginnen?

Choiseul (beklommen). Es bedarf nur Ihres Winkes — (Er wankt.)

Pompadour. Aber, Herzog, ich bitte Sie! Sie sind ernstlich krank!

Choiseul (matt). Wieder diese Wallungen, — ein Taumel im Hirn. — (Wischt sich den Schweiß von der Stirn, energisch.) Es wird vorübergehn.

Pompadour (faßt ihn herzlich bei der Hand). Sie machen mich wirklich besorgt, d'Amboise! Wenn Sie sich nach der Vorstellung nicht wohler fühlen, lasse ich Sie sicher nicht nach Paris; mein Arzt soll Sie hier behandeln!

Choiseul (preßt in plötzlicher Rührung ihre Hand an seine Lippen). Heißen Dank!

Pompadour. Ist Ihnen besser? —

Choiseul (seine Fassung wieder gewinnend). Ja, ja; — es ist ja bald vorüber!

Pompadour. Nun, so lassen Sie uns beginnen; (setzt sich in den Sessel) ich bin auf's Höchste gespannt.

(Choiseul verbeugt sich, geht entschlossen nach der Thür links und öffnet sie.)

Fünfte Scene.

Vorige. Hofdamen, Pagen und die beiden **Cavaliere** (treten links ein). (Ein Cavalier öffnet die Thür rechts.) Die Minister **Terray, Maupeau, Silhouet** und **du Barri** (treten rechts ein). Alles verbeugt sich. Pompadour grüßt. (Kurze Pause.)

Pompadour. Nun, lieber Herzog, theilen Sie uns den Titel und die handelnden Personen des Dramas mit.

Choiseul (ein Papier hervorziehend). Das Drama heißt: „Athalia, Königin von Juda." Den Namen des Autors erlaube ich mir nach der Vorstellung mitzutheilen. Die Personen sind: die Königin Athalia — Mademoisell Quinault;

Cleomenes, Hauptmann der Leibwache — Preville; Poliorect, ein Grieche, ihr Vertrauter — Dumenil; Azaziel; der Hohepriester — Lecain; Rahel, seine Tochter — Mademoiselle Clairon. Simson, ein Bettler — Herr Laitard. Gefolge. —

Pompadour. Also eine Begebenheit der jüdischen Geschichte, etwa um die Zeit der kleinen Propheten? —

Choiseul. Ja wohl. Der erste Act spielt in einer Halle der Hofburg zu Jerusalem, es ist Abend, die Thorhüter schlafen, Athalia streift unruhig durch die weiten Säulengänge.

Pompadour. Das fängt schaurig genug an. Nun, beginnen Sie. — (Choiseul stiert sie bleich an.) Mein Gott, was zögern Sie denn, Herzog? —

Choiseul (zusammenfahrend). Sogleich! (Er geht in den Hintergrund und winkt, kommt dann entschlossen zurück und stellt sich hinter den Sessel der Marquise.)

Sechste Scene.

Vorige. Doris Quinault (im Kostüm, tritt durch die Vorhänge des Hintergrundes schwankend und bleich auf, in höchster Angst und Erregung).

Quinault.

„Die Nacht bricht an, — auch meine Lebenssonne —
Neigt trübe sich — dem Grab im West entgegen, —
Und diesem tiefen — Dunkel um mich her —
Entschlüpft ein Heer gespenstischer Gesellen, —
Die, — mit gebrochnen — Herzen, — starren — Auges —
Die Schmach und Schande — schwatzhaft mir erzählen, —
Die sie — durch mich im Leben einst erduldet!" —

Barmherziger Gott, ich kann nicht mehr! (Die Versammlung wird unruhig.)

„Weh, und noch Einer kommt!" (sie sieht sich entsetzt um)
Ja, noch Einer ist's — „heran — so bleich!"
O Jesus! — „Weh mir! — mein erster Gatte!" (Schreit auf.)

(Pompadour schaudert zusammen.)

Siebente Scene.

Vorige. Narciß (im Kostüm durch die Vorhänge hereinbringend).

Narciß. (mit gewaltiger Stimme). „Ja, sieh her!" —
Quinault. O entsetzlich! (Sie ist bemüht, sich immer so zu stellen, daß sie die Pompadour und Narciß einander zu sehen hindert.)
Pompadour (erschreckt). Ha, was ist das! — (Erhebt sich aus dem Sessel.) Diese Stimme! —
Narciß. „Sieh ihn, den Du verachtet und ver=
stoßen!" —
Pompadour (entsetzt). Bin ich von Sinnen? — Das ist —
Narciß. „Er reißet Dir Dein gleißend Diadem —"
(Pompadour stößt die dicht vor ihr stehende Quinault mit aller Gewalt bei Seite. Narciß und Pompadour sehen sich mit namenlosem Entsetzen an.)
Pompadour (aufschreiend). Narciß!! — (Sie sinkt ohnmächtig in den Sessel zurück, indem sie stöhnt.)
Narciß (aufschreiend). Allmächtiger Gott! — Mein Weib!!
(Er stürzt auf sie zu, sinkt vor ihr auf die Kniee, umfängt sie sprachlos und be=
deckt ihre Hände mit Küssen.)
Quinault (krampfhaft). O Gott! (Starrt in lautloser Angst auf Pompadour und Narciß. Kurze Pause, Alles steht entsetzt. Choiseul tritt, Pom=
padour athemlos beobachtend, auf die rechte Seite.)
Narciß. O mein theures, mein einziges Weib, ich habe Dich wieder, — Dich wieder! — Ich habe Dich ge=
sucht und gesucht, ach, und Du wolltest Dich nicht finden lassen, mein Lieb! — Wo bist Du so lange geblieben? —
Quinault (mit gespanntester Hast). Ha, sie kommt zu sich, sie wird nicht sterben!
Pompadour (die sich erholt, ihn umfangend, matt). Mein Nar=
ciß, mein armer, lieber Narciß! — (Küßt ihn.) O Gott, kannst Du mir verzeihen, daß ich Dich so namenlos elend gemacht und Dein Leben verödet? (Lauter, voller Freude und Zärtlichkeit.) Aber sieh, nun hab' ich Dich wieder! Ich halte

Dich umfangen, bis der neidische Tod mich aus Deinen Armen reißt! — Doch nein, ich will leben, ich werde leben! Dir zur Liebe, zum Glücke! (Innig.) O, ich hatte es anders beschlossen! Nur noch kurze Zeit, und Du hättest mich doch wieder gehabt, — aber besser, Narciß, besser, nicht so bedeckt mit Schande, wie jetzt. (Feierlich.) Doch sie ist gesühnt, gelöst in diesem Augenblicke vor der gemeinen Erbärmlichkeit dieses Mannes, (auf Choiseul deutend) dieses elenden Gesellen, den ich groß gesäugt mit meinem Herz=blut! (Knirschend). Aber noch habe ich Kraft, ihn zu zer=treten, und ich werd's! — Sie haben Dich hierher gebracht, Narciß, damit Du mich morden sollst mit Deinem lieben Antlitz. Alle diese sind meine Mörder, sie zielen nach meinem Herzen! — Das ist eine Verschwörung der Königin gegen mich, und der falsche Choiseul hat seine mörderische Hand an sie verkauft! Pfui, Judas! —

Choiseul (wie vernichtet, halblaut). O Gott, sie erholt sich sie wird leben! — Nur im Tode läßt sie ihre Macht!

Pompadour (erhebt sich mit riesiger Energie, Narciß, der bisher zärt=lich um sie bemüht war, unterstützt sie). Ja, leben! — Die Pompa=dour ist noch die Gebieterin Frankreichs! — Wer d'Amboise's Nachfolger sein will, melde dem König, was geschehen, und rufe die Palastwache! Ihr müßt mich morden, Choiseul! — Morden mit kaltem Blute, — ein wehrloses Weib! So kommt doch und wagt's — Doch wenn mein Blut an Eurem Stahle klebt, (höhnisch) ist Maria Lescinska so beschimpft, daß sie nicht mehr Königin sein kann; — das hattet Ihr vergessen bei der Rechnung! — O!! — (Sie fällt in den Sessel zurück, indem sie die Hände nach Narciß ausstreckt.) Mein Narciß! (Er stiert sie entsetzt an.)

Choiseul (ruft): Capitain St. Lambert!! (Die Vorhänge der Arkaden theilen sich, man sieht den Hintergrund mit Soldaten besetzt.)

Achte Scene.

Vorige. St. Lambert (durch die Mitte, zwei Gardisten folgen ihm, besetzen die Thüren links und rechts).

Lambert (herantretend). Sie stirbt!
Choiseul. Ich habe sie gemordet! — Ha! — aber ich werde siegen! —
Barri (aus seinem Entsetzen erwachend). Er hat mich betrogen!
Pompadour (an Narciß gelehnt, matt). Ihr hattet auf meine Krankheit gerechnet, Herzog, die war ein zuverlässiger Bundesgenosse. Ein feines Stückchen, d'Amboise, ein rechtes Liebeszeichen.
Choiseul. Liebe? — Die Eitelkeit muß man sich abgewöhnen, wenn man ein großer Mann sein will!
Pompadour. Gut, sehr gut! — Ihr seid ein würdiger Schüler von mir, aber nur — ein Schüler. O, die Pompadour ist eine Riesin, — sie stirbt nicht an der Schande, — denn es wäre eine Entehrung der menschlichen Natur, sich vor Euch, sich in diesem Zeitalter zu schämen! — Ich will leben, ich muß leben um dieses Armen willen. Ich hab' ihm eine ewige Schuld zu zahlen und ich werd's, und müßt' ich selbst das Paradies entvölkern und den Himmel zur Erde reißen, daß sie mit mir zu seinen Füßen lägen! — (Will Narciß umarmen.)
Narciß (packt sie wild). Ha! Und wenn Ihr Beide mir zu Füßen läget, Du und das Paradies, ich würde Euch zertreten! — (Schleudert sie in den Sessel.)
Pompadour (thut einen Schrei, dann wimmernd). O Erbarmen! —
Narciß (ehern). Du hast mich verlassen, treuloses Weib, Du hast geschwelgt im Glück, indeß ich gebettelt, Du hast Dich selbst, die Gott geschaffen zu seinem Abbild, zersetzt und geschändet um das hohle Phantom von Ruhm und Macht, das sei Dir verziehen, denn Du bist bestraft mit ehrlosem Alter. Aber daß Du, Du diese Pompadour gewesen bist, sein konntest, das sei Dir nicht

verziehen! Begreifst Du nicht, Hyäne, daß in mir das zerlumpte, verzweifelte, wahnsinnige Vaterland Dich angrinst, das Du an Leib und Seele dem Götzen Deines Ichs geschlachtet? — Ich trete vor Dich als die Menschheit, Deine Zeit! Sieh her, das hast Du gemacht! — Was willst Du uns geben für unsre Lumpen, unsre Thränen, für die gebrochne Unschuld, die verfaulten Seelen? Was? Giebst Du's uns wieder?! (Rüttelt sie.) — Der Tag des Gerichts bricht herein, die Posaunen schreien, die Sonnen erbleichen und die Sterne verwehn, und der Tod reitet über die Erde und mähet und mähet, denn ihm sind zu eigen gegeben die armen Menschen um Deiner, Deiner Sünde willen, und wenn Du dahinfährst und trittst unter die Schaar der Verdammten, da jauchzen die Teufel, hahahaha, denn ihre Erlösung ist kommen und sie werden rein und zu Engeln vor Deiner Schuld. Sie entsetzen sich, sie entfliehen vor Dir, und Du wirst zurückbleiben in den Gefilden des Entsetzens und allein sein!! —

Pompadour (einen wahnsinnigen Schrei ausstoßend, dann sich emporbäumend). Nun denn, nach mir die Sündfluth!! — (Bricht zusammen und stirbt.)

Alle (näher tretend, dumpf). Sie ist todt! —

Choiseul. O, daß man seine That nicht messen kann!

Narciß (ohne das Geschehene zu beachten, in gesteigertem Wahnsinn). Hahahaha! Ja, die Sündfluth! — Es regnet Feuer vom Himmel und Galle und Thränen! Aus den Sümpfen des Elends und Verbrechens steigt das entmenschte Geschlecht und heult durch die Straßen nach Blut! Blut! Blut! Hussa! Hurra! Und unter Gelächter rollen die hauptlosen Leichen in den Koth, von Mutter und Kind, Freund und Feind. Auf dem leeren Throne Gottes sitzt die grinsende Vernunft dieser Welt, die Vernunft, die wahnsinnig worden, und rechnet und zählt, denn sie braucht noch 5000 Leichen, daß sie leben kann, und da steigt die Sündfluth indeß, bringt bis zur Hölle, und da, hahahaha! treffen wir Beide uns wieder! (Stößt einen Schrei aus, bricht zusammen, und stirbt.)

Choiseul. Der Wahnsinn hat ihn getödtet.

Quinault (voll rührender Hoheit). Und aus der Sündfluth steigt in neuer Schöne die geläuterte Menschheit und betet wieder zu ihrem versöhnten Vater im Himmel. Dann wird's keinen Narciß mehr geben! —

Lambert (vortretend). Ihro Majestät die Königin betrat soeben die Gemächer des Königs!

Choiseul. Ha! — Folgen Sie mir, meine Herren Minister! (Indem er sich wendet,

fällt der Vorhang.)

Druck von G. Pätz, Naumburg a. S.